U0551747

幽默智慧王

爆笑幽默故事精選

戴晨志

目錄

Contents

Part 3

開懷笑臉，不要愁眉苦臉

Part 4 多灑香水，就能如魚得水

Part 5 自我解嘲，人人佳評如潮

Part 6 詼諧風趣，教人永難忘記

Part 7 樂上加樂，你我歡笑大樂

自序

幽默歡喜自在，美滿幸福常在

戴晨志

曾經在辦公室接過一通電話，對方是個男聲，他口氣緊張地問説：

「請問……這裡……是戴晨志……的先生辦公室嗎？」

我聽了，覺得有點好笑。我知道，他因為太緊張了，講話一下子，舌頭打了結，把一個「的」字，説錯了順序。

這男聲説，他是某個中學的老師，想邀請我去演講。我説，好，不過，我這裡是「戴晨志先生的辦公室」，不是「戴晨志的先生辦公室」哦！

一個小小的字——「的」，放錯了地方，其意思可就相差很遠啊！

也有一次，我應邀到一電台上節目，男主持人太忙碌了，錄音時間到了，他還沒出現。約過了十五分鐘，他才匆忙地跑進錄音室。

他一邊喘，一邊說：「對不起，對不起……」說著說著，他就拿起助理幫他準備好的訪談資料，開始我們當天的節目訪談錄音。

「各位聽眾，大家好，今天我們很榮幸在節目中，為您訪問到知名作家戴志晨老師……」

啊……啊……完了，這主持人把我的名字唸錯了！

因為，這不是現場節目，是預錄的，所以我打斷了主持人的話，跟他說：「不好意思啊，您把我的名字唸錯了，我是戴晨志，不是戴志晨……」

「哦，對不起，對不起……」男主持人說。

其實，我的名字還好，不難唸、不難記，只是有時候去演講，有些主辦單位的人，打出投影機，竟然出現大大的「戴誠志博士」，也有單位打成「戴晟志老師」……我看了，只能笑笑，也懶得去反駁、糾正了。

電話中，詢問是否是「戴晨志的先生辦公室」？他是一時太緊張了，但，稱我「戴志晨」、「戴誠志」或「戴晟志」的，就比較不用心，沒認真準備與注意。

記得曾經有一出版業前輩告訴我：「晨志啊，記得——『**成敗靠用心，輸贏靠細心**』啊！」

我也知道——「**用力，自己知道；用心，別人知道。**」

所以，我從唸國立藝專廣電科開始，我就養成記錄、收集資料、剪報的習慣；也因此，我平常就翻一翻手邊的幽默故事……

有個年輕機車騎士，看到橋上有個美女坐在橋上，似乎要自殺；這騎士立即停下車，脫下安全帽，上前詢問：「小姐，妳想幹什麼？」

「我想要自殺！」長髮美女回答。

「小姐，妳……妳長這麼漂亮，要自殺真是太可惜了；這樣好不好，

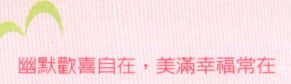

如果妳真的想自殺，不如妳給我一個吻別吧！」

美女聽了，想一想，就點頭答應了，也與這年輕騎士來一個火辣辣的吻別。喇舌親吻之後，機車騎士神魂顛倒、也擦擦嘴角地說：「哇，這個吻，真是太美妙了……可是，小姐，妳為什麼要尋短、自殺呢？」

美女甩個頭，輕輕地說：「因為……我爸媽，不准許我男扮女裝。」

有個小男嬰出生了，稍長大後，父母給他找了一個很有名的算命大師，幫他算命。

算命大師看了看這男生的命相，隨即鐵口直斷說——

「這個孩子的面相很好，很有帝王之氣，

長大後，出入一定都有車，走到哪，都得搖旗吶喊，

而且每天頻繁出入豪華酒店、風景名勝景點，

無論是走到哪裡，都有一大群人緊緊跟隨……」

光陰似箭，歲月如梭，一日復一日……

這男孩，後來成為——一名「導遊」。

■相愛容易，相處難

身為一名上了年紀的作者，我比較安靜，很少在臉書上與讀者互動，只有在粉絲團中，刊登一些文章，也回一回讀者給我的留言。

可是，面對海內外的讀者，也會有一些讀者來信詢問一些感情的問題；例如，我先生外遇，我該怎麼辦？我剛認識的男生，一直死纏著我，一直說想我，怎麼辦？

唉，男女、夫妻感情的事，是人類永遠存在的話題啊！

有一對結婚三年的夫妻，經常吵架，後來，先生累了，不想吵了，就看著窗外，剛好有兩匹馬，正拖著一堆乾草往山上爬。

此時，先生就對太太說：「妳看看，那兩匹馬是多麼同心協力，一起把乾草拉上山去，我們為什麼不能像馬那樣，一起走向人生的山頂？」

太太一聽，冷冷地說：「不可能，因我們兩人之中有一個人是驢子！」

一男生追求女友多年，終於要結婚了，媽媽寫信恭賀他說：「兒子啊，我和你爸爸很高興聽到你即將結婚的好消息……我們都很期待你結婚日子的到來，也感謝上帝賜給你這麼好的美好婚姻，相信你們結婚後，一定可以很美滿、幸福！」

兒子接到媽媽的信之後，十分欣慰；可是，他在這封信的最後，看到一些潦草的筆跡，是他老爸寫的——「兒子啊，你媽去巷口買郵票了……我奉勸你，絕不要幹傻事，理智一點，不要像我一樣做傻瓜……還是單身快樂！懂嗎？」

有人說：「**想結婚的人，是樂觀主義者；結過婚的人，是悲觀主義者。**」

「**愛他，很容易；愛他一輩子，很難。**」

祝福天下有情人，都尋找到一個浪漫、歡樂、幸福的真愛。

Part 1

懂得讓步，贏得幸福人生

懂得輸，才能遇見幸福

常低頭，才不會撞到頭；
常讓給對方，才能贏得真正的情誼。

有一位八十歲老先生，在慶祝大壽生日時，親朋好友問他：「張爺爺，您這麼高壽和美滿婚姻的秘訣是什麼？」

張老爺爺說：「就是要保持愉快的心啊……我在結婚之後，就與太太約法三章——在生活之中，若有爭吵，誰比較理虧，誰就要閉嘴，自己要到院子裡散步……這麼多年來，你知道嗎，都是我自己到院子裡去散步！」

這，就是高壽和美滿婚姻的秘訣。

另有一對六十多歲的夫妻，生活一直美滿和諧，很少爭吵；有人就問老奶奶：「王老奶奶，您如何維持這麼美好的婚姻啊？夫妻要不會吵架，很難耶！」

此時，只見王老奶奶拉出了抽屜，裡面有兩個可愛的「中國結娃娃，和一本存摺」。

王老奶奶說：「在結婚時，我娘就告訴我，夫妻最好別動怒、大聲吵架；如果妳覺得心裡有委屈的話，你就要忍住氣，靜下心來，自己安靜地打個『中國結娃娃』……」

一旁的王老先生喜形於色地說：「太好了，你看，我的脾氣多好，這麼久以來，你只有打兩個中國結娃娃，表示我這個人很好，都不會惹妳生氣！」

「是啊，就只有兩個中國結娃娃呀……」王老奶奶邊說邊拿起抽屜裡的那本存摺，說道：「你可知道，這本存摺裡有九十多萬元，都是我平常賣掉小中國結娃娃，慢慢積攢來的啊……」

「要拚，就拚誰先放下，才能遇見幸福！」

一個人要「懂得低頭」、「懂得自願到院子裡散步」、「懂得忍住怒氣、打中國結娃娃消氣」，才不會讓雙方剛衝突的小火苗，變成熊熊大火呀！

「忍」字——是心上即使有一把刀，還是要吞下來。

「侶」字——是兩個口；一大口，一小口，才能相安無事。

「我」字——左邊是「手」，右邊是「戈」；每個人都手拿刀戈來自我防衛，誰侵犯我，誰惹我，我就要拿刀戈反擊。

然而，「懂得贏，也要懂得輸」呀！

每次在口舌上爭得上風的人，不一定是贏。

每次都「贏」，都在舌頭上講贏對方，實際上，可能是「輸」啊！

相反地，**只要懂得愛，懂得「輸給對方」、「製造對方贏的機會」，我們才能真正贏得雙方的情感與友誼。**

而且，以女人的溫柔特質和智慧，來征服、感動男人，才是最聰明的啊！

心存感謝，多看對方的好

「不對立，要對話！」

多一些良性溝通，就能減少衝突與摩擦。

聽說，有一名大陸人士，搭乘長榮班機飛往台灣；在飛機上，大陸人士就對空姐說：「小姐，來一杯茶水！」

美麗的空姐很客氣地問他：「先生，請問您是要茶，還是水？」

這時，這名大陸人士很不高興地嘟囔說：「小姐，茶水就是茶水，妳看看，你們台灣人就是喜歡搞分裂！」

哈，連「茶水」都可以「搞分裂」，真是有意思！

人與人之間，就是要常溝通、對話、交往，才會有感情。

所以，「**不對立，要對話！**」

少了良性的溝通與對話，就會出現一些問題與隔閡。

聽說，有個高階將官到海軍陸戰隊去視察，就對許久沒有回家的新兵問道：「怎麼樣，來當海軍陸戰隊有什麼感覺？」

一士兵回答說：「一日陸戰隊，終生掉眼淚；終身陸戰隊，不死也殘廢！」

班長一聽，氣死了，說：「你胡說些什麼，去跑操場五十圈！」

可是，開明的長官說：「沒關係，我要聽他們的心聲！」

於是，長官又問了另一個小兵說：「你呢？有何感想？」

那小兵大聲地說：

「我在當兵不怕累，只怕老婆跟人睡；

她在爽我在累，誰叫我是海軍陸戰隊！」

的確，人是感情的動物，分開久了，感情可能就會有變化、生疏，以致造成男生當兵時的「兵變」。

可是，人天天住在一起，生活在同一屋簷下，不見得就會感情好啊！

有個男子到書店買書，想找一本《幸福婚姻指南》，就問店員，書放在哪裡？店員說，是放在「科幻小說」那個櫃子。

「那《夫妻相處秘笈》呢？」男子又問。

「噢，那是武俠小說，要到武俠小說的櫃子去找！」

現今社會要找到個性相容、興趣相符的另一半，眞是很不容易；有些女子已超過適婚年齡，不免就心慌起來。所以，一聽到有人介紹條件還不錯的未婚男士時，十八歲的女生會問：「他很帥嗎？」

而二十八歲的女生會問：「他很有錢嗎？」

至於三十八歲的女生，則會焦急地問：「快說，他人在哪裡？」

有情人結成眷屬，並不是一件難事；困難的是，在結成連理之後，還能彼此尊重、深情相待，並且看到對方的好！所以，有個男人對別人說：**「我很感謝我的老婆，她願意傻傻地嫁給我；因為，我既不高大、又不英俊，沒人要嫁給我，而她，卻傻里傻氣地跟定我。」**

其實，只要心存感謝的心，也給對方尊重和空間，則天下眷屬，就都會變成「有情人」。

懂得自我優勢，也要藏拙

想要幸福、成功，就要自律與自信；
人要藏拙，才不會自曝其短。

網路上流傳一些小故事——在公車上，一老太婆對旁邊背書包的男學生問道：「你……你……知道……行……天……宮……要……在……哪裡……下……車……嗎？」

男學生看了老太婆一眼，不太理會那說話吃力、口吃的老太婆。

老太婆有點心急，再次問道：「請……問……行……天……宮……

要……在……哪裡……下……車？」

可是，那年輕學生還是不回答。這時，旁邊有個老先生實在看不過去，就指責男學生說：「你眞是太過分了，老太太說話這麼辛苦，你還不回答她！」這時，男學生沮喪著臉說：「我……我……怕……她……會……以……爲……我……是……在……學……她……說……話……」

小陳問他的大學同學立明：「咦，你剛才看到一個男的走過，臉上表情怪怪的，你認識他嗎？」

立明說：「認識，他應該可以算是我的遠親。」

「遠親？什麼樣的遠親？」小陳問。

「他……他和我未婚妻結婚了！」立明說。

阿松成績不好，學習態度也吊兒郎當，老師氣得把阿松的媽媽叫到學校來，對她說：「妳這個兒子不念書，就是愛玩，連最簡單的『馬關條約』是誰簽的都不知道！」

媽媽一聽，生氣地對阿松說：「兒子啊，男孩子做事就是要敢做敢當，那個馬什麼條約，如果是你跟人家簽的，你就要勇敢承認，我們做人就是要誠實，你不要讓老師氣成這樣啊！」

唉，生活、念書、工作眞是苦悶，背什麼「馬關條約」，也眞是好無聊。不過，多聽點笑話，可能會讓苦悶的日子，添增一些趣味！

也曾有一名高中女孩，參加大學中文系的甄試，考試除了口試之外，也有小論文的撰寫。回家後，這女孩一直跟爸媽抱怨，小論文題目太難寫了。爲什麼？因爲題目是——「一個中文人的使命」。

「人家都還沒考上中文系，幹嘛叫我們寫『中文人的使命』？」這女孩嘴巴一直嘀咕著。後來，一旁的弟弟說：「姊，還好啦，再怎麼難寫，也比植物系的好寫吧！」

哈，植物系的小論文，若叫作「植物人的使命」，大概有點麻煩！

不過，話說回來，念植物系也沒有什麼不好，念植物系、生物系、地質系、考古系……後來有所成就的人，也很多啊！我這個念冷門的口語傳播學的人，現在也活得很快樂、很開心啊！

其實，一個人要幸福、成功，就是要自律與自信，也要知道自己「懂什麼」、「不懂什麼」？

每個人都有自己的「長才和優勢」，我們都要看清自己的優點和條件，也必須「藏拙」、「守拙」，才不會自曝其短。

幽默，是令人歡愉的興奮劑

放鬆心情，多與幽默的人在一起；
紓解壓力吧，人生不能太神經緊繃呀！

現在許多年輕人都喜歡用手機號碼來傳達情意，這也是年輕e世代的新玩意。所以，有個女老師就舉個例子，考考大家「53719」代表的是什麼意思？

大家猜啊猜，一女生說：「老師，我知道，是『我深情依舊』。」

可是，另一群男生卻笑成一團！

老師不解地問：「你們笑什麼?你們想到什麼答案?」

這時阿義大聲地說：「老師，我知道了，正確答案是：『我疝氣已久』。」

也有個老師說，他參與大學學力測驗的監考工作，看到有些學生在答案卷上隨機「亂塡答案」；也有些學生連猜答案都嫌煩，不到十分鐘，就趴在桌上夢周公；而在大學學測中，有人在作文時寫道：

「學校辦運動會，我右腳受傷了，跑起來『孤掌難鳴』。」

「天下興亡，『皮膚』有責。」

「上個禮拜首度看到妳，就被妳『煞』得很慘，妳長得稱得上是閉月羞花，從此妳在我心中『音容宛在』，害我『臥薪嘗膽』……」

另有個妹妹對哥哥說：「小哥啊，你知道嗎？你是我看過最愛乾淨的人了！」

「啊？眞的哦，妳是怎麼看出來的？」哥哥喜孜孜地問道。

「眞的啊！我發現你不管碰到什麼事，都會推得一乾二淨！」妹妹笑著說。

每個人都喜歡快樂，也喜歡跟幽默的人在一起，因爲，和幽默的人相處，總會感受到許多歡笑和愉悅。

所以，**幽默是令人歡愉的興奮劑，也是待人處事的潤滑劑；有了幽默的性格，人際關係自然好，也就會受到他人的歡迎**。

也因此，把心情放輕鬆，紓解一下壓力吧！看看幽默書、看看令人開懷的喜劇電影；看看翠綠山谷、看看可愛的小朋友……人生不能太神經緊繃呀！

一天晚上，兩輛車子在窄巷裡相逢，誰都過不去，必須有一方先行退讓，可是，開車的兩名男子似乎都不太願意退讓。

後來，其中一男子下了車，走過去與對方理論，可是，他回來後，就開始倒車。他車上的太太問道：「你爲什麼要讓他？」

「因爲……他很壯，而且他比我更急，他說他要趕去教空手道！」先生說道。

最近，網路上流傳一則故事：

唸小學時，覺得老師有兩種：「一種是男的，一種是女的。」

進入國中後，發現老師也有兩種：「一種是會打人的，一種是不會打人的。」

考上大學後，發現老師也是有兩種：「一種是有學問的，一種是沒有學問的。」

而自己當了老師之後，發現老師還是有兩種：「一種是有骨氣的，一種是沒有骨氣的。」

哈，這眞是很貼切呀！

而我也認爲，**當別人在評價我們時，我們的反應也分為兩種：「一種是懂幽默的，一種是不懂幽默的。」**不是嗎？

婚前很幽默、婚後很沉默

熱戀時，要找另一半的缺點，很難；
爭吵時，要找另一半的優點，更難！

有個漂亮女生，請求母親讓她和男朋友一起出遊旅行，可是媽媽卻堅決反對；媽媽覺得，一個女孩子還沒有結婚，怎麼可以單獨和男友外出旅行？

這女生很生氣地質問媽媽：「我都這麼大了，妳還不信任我嗎？」

「我當然信任妳啦，妳是我帶大的，又這麼乖，我怎麼會不信任妳呢？」媽媽笑笑地說。

「那麼，妳是不信任他嘍？」女生又問。

「怎麼會呢？……妳男朋友是個好人，我當然信任他呀！」媽媽很認真地說道：「我只是……不信任你們兩人加在一起！」

在情人節的當天，阿芳和男友正在逛街，忽然聽見路旁有一名男士在打手機，向花店訂花。此時阿芳對男友說：「你看，人家多體貼、多浪漫，懂得送花給女朋友，我都沒有……」

可是阿芳的話還沒說完，只聽見那打手機的男士又說道：「記得哦，明天早上十點，一定要準時送到第二殯儀館哦！」

其實，情人之間「送花」沒有什麼不好，是很甜蜜、浪漫；可是，不送花也沒有什麼不對，因爲，不送花也是一種特質，那，可能是「木訥、樸素、踏實」的特質啊！就像我，哈！

老徐有個正在唸大學的女兒，想利用暑假去學柔道，可是，老徐卻是極力反對。老徐說：「女孩子家要溫柔一點，學什麼柔道？妳看妳，都已經那麼壯了，再去學柔道，以後看誰敢娶妳？」

此時，女兒回答說：「我就是要去學柔道，看誰敢不娶我？」

一同事問小張：「奇怪耶，我看你怎麼最近都在勤練甩手運動，那不都是老年人在做的運動嗎？」

小張說：「我勤練甩手運動，是想趕快把結婚戒指甩掉啊！」

有情人結成眷屬，並不是一件難事；困難的是，在結成連理之後，還能彼此尊重、深情相待，並且看到對方的好！

有人說，結婚前，男女甜蜜相處，就像天天在過「情人節」；可是，結婚後，柴米油鹽很煩人、又要打掃，就像天天在過「勞動節」！您覺得呢？

也有人說，**談戀愛時，男人常常花言巧語，天天都很「幽默」；可是結婚後，男人常常少言不語，天天都很「沉默」**。

所以，**熱戀時，要找另一半缺點，很難；可是，爭吵時，要找另一半的優點，更難！**唉，這就是人生、人性啊！

其實，感情生活不是「夢幻的」，它是「現實的」；所以，「麵包切兩半，煩惱少一半！」在尋覓眞愛之時，必須重視對方的個性、興趣、才華與內在的美德，而不是一味地追求外表、美貌啊！

Part 2

幽默笑語，營造如珠妙語

哈，校長的臉變綠了！

人在說話時，必須「用對詞、說對話」，免得使場面變得尷尬、難堪！

以前，當我還是小學生時，曾經被老師叫到司令台上當「司儀」。小小年紀，在全校師生面前，拿著麥克風大聲說話，是很緊張的；尤其是校長、老師、同學們睜大眼睛看著我時，雙腳就會不自覺地發抖。

升旗典禮快開始了，老師叫我趕快發號施令，我的心裡也默唸著台詞：「升旗典禮開始……全體肅立……主席就位……」

可是，站在前面，實在壓力太大、太緊張了；當我鼓起勇氣，拿著麥克風發號施令時，我說：「升旗典禮開始……全體肅立……『主席奏樂』！」

話一說完，只見全校小朋友已經笑成一團，笑彎了腰！

哈，好好笑哦，「主席奏樂」！而校長一個人站在前面，臉也綠了！

人在緊張時，說話就會語無倫次，或結巴、吃螺絲。

聽說，曾經有一個男生，一直暗戀著一名唸舞蹈科的女孩子，可是，始終沒有機會親近她、或跟她說說話。

有一天，這男孩看到那漂亮女生，獨自走進一家麵店裡；哇，太好了，機會來了，這男生就跟著走進去，也站在那女生旁邊。

站在自己心儀、漂亮的女生旁邊，實在太緊張了，也不知道該跟她說些什麼話？這男生心想，就問她的名字好了！於是，他就勇敢地開口問道：「小姐，請問妳叫什麼？」

那小姐抬起頭，看他一眼，回答說：「我叫牛肉麵啊！」

這男生一聽，差點噗哧笑了出來——噢，妳叫「牛肉麵」，那我叫「陽春麵」好了！

有一對男女，感情不錯，已論及婚嫁，所以男方父母就正式前往女方鄉下家中拜訪。隨後，在用餐時，女方的爸媽都很熱情，尤其是媽媽，看到未來的女婿，實在是愈看愈有趣。

席間，女方媽媽不斷地勸菜，要「準親家」多用點菜。可是，這媽媽的國語不太靈光，吃飯時，只聽見這媽媽不停地說：「來來來，大家一起用，不要客氣……張先生，你最沒用，還有張太太，妳更沒有用，來來

看到漂亮女生，我就會發抖，心怦怦跳！

來，趕快用……」

哈，「你最沒用」、「妳更沒有用」，話一說完，有人臉羞紅了，有人則臉色鐵青了！

「話多不如話少，話少不如話好！」人在說話時，必須「用對詞、說對話」，免得使場面變得尷尬、難堪！

所以，古人說：「時然後言，人不厭其言。」在人際溝通中，一個懂得說話、製造幽默的人，必定會大受歡迎，也會使得現場氣氛變得快樂、歡愉！

你的屁股有沒有長胎記？

「創意就是點子，點子就是金子！」

說幽默笑話時，要故弄玄虛、鋪陳氣氛……

我是一個很晚婚的人，三十七歲才結婚。

以前，我還在世新大學當系主任、沒有結婚時，好多學生就問我：「主任啊，你怎麼還不結婚啊？年紀不小了哦……」真的，好多學生經常催促我要趕快結婚。

有一天，我過生日，當我到學校去上班時，出了電梯，突然看到我們系的佈告欄上，貼了一大張海報；我走過去，仔細一看，上面寫著——

「誠徵師母一位！」

哈，這群學生竟然幫我「應徵師母」，而且，上面又寫了一些師母的「條件和待遇」——

「一、月入數十萬，

二、工作輕鬆，

三、免經驗，

四、男女不拘。」

哈，學生眞是有創意啊，也讓我看了哈哈大笑！可是，也因爲「男女不拘」，所以後來就沒有人敢來應徵。

不過，「創意就是點子，點子就是金子！」

一個有創意、夠幽默的人，絕對不怕沒工作，不怕被老闆炒魷魚！

當我還未婚時，眞的有很多同事很熱心、也很關心地問我：「小戴啊，怎麼還不結婚？怎麼還不結婚……」有時，眞的是會被問得很煩！

而且，還有人偷偷打聽——「戴主任長得也不錯，怎麼還不結婚，是不是有什麼問題、有什麼毛病？」

有一次，又有一個同事問我：「小戴，你怎麼還不結婚啊？」噢，我眞的被問得受不了了，就回答說：「因爲，我的屁股長一個胎記！」

「啊？你的屁股長一個胎記，跟你不結婚有什麼關係？」這同事認眞地問道。

我說：「是啊，那我不結婚，跟你有什麼關係？」

有些人啊，就是有夠無聊的，幹嘛一直去管人家「怎麼還不結婚」？

「妳怎麼還不結婚？妳怎麼還不結婚？……」

所以，各位讀者們，以後如果您超過年齡、還沒結婚，當別人問你「怎麼還不結婚時」，你就可以回答說：「因為我的屁股長了一個胎記！而且，還不是只有長一邊，還長兩邊呢！」

所以，古人說：「多言取厭、虛言取薄、輕言取侮」，我們不能不慎呀！

同時，我們在說幽默笑話時，要故弄玄虛、鋪陳氣氛，自己也要沉住氣，像鴨子划水一般不動聲色；而在最後「重點字」清楚說出來時，才能讓全場人捧腹大笑！

「啞巴吃西瓜」的故事

幽默的表達是可以練習的，
只要一練再練，就會愈來愈棒！

以前唸國立藝專時，學校後面有一條巷子，巷子裡有自助餐、麵店和冰果店等等；而我呢，最喜歡吃冰、吃水果，所以經常光顧那家水果店。

其實，我的個性比較內向，不太愛講話；當冰果店小姐問我「你要吃什麼」時，我就懶得講話，只指著牆上價目表的「西瓜」，所以，小姐就知道我要吃西瓜。

於是，小姐「咚、咚、咚」切好西瓜，就送了過來；我吃一吃，也懶得講話，就把二十元放在櫃台上，就走了。

下次再經過那家冰果店時，小姐又問我：「你要吃什麼？」我還是懶得講話，也只是指著牆上價目表的西瓜，所以小姐就知道，我要吃西瓜，立刻「咚、咚、咚」切好西瓜，就送過來了；我吃完西瓜，懶得說話，還是把二十塊放著，就走了！

這樣幾次以後，這小姐就知道「我喜歡吃西瓜」。

有一次，當我經過那家冰果店，正要走進去時，只聽到那小姐跟裡面大喊一聲說：「趕快切西瓜一盤喔，那個啞巴又來囉！」

噢，氣死人了，她居然說「那個啞巴又來囉」！

可是，就這樣，人不打不相識，所以，我就和這個小姐愈混愈熟了；

後來，這個小姐就變成我的「太太」了！

每當我在台上講這個故事時，台下的人莫不哄堂大笑！不過，接下來，我又說：「其實，剛才講的這個故事，只是個笑話而已，我的太太並不是『賣西瓜的』！」

當我第一次聽到這個笑話時，我是坐在台下，聽別人用不同的風格和故事背景來講這個笑話；當時，我就想，我可以把它改編一下，改成好像是「發生在我身上一樣」。

其實，有些人的幽默性格是「天生的」，但，更多人的幽默風格是「練習來的」。當我們聽到一則有趣的故事或笑話時，可以把它加以改編，讓它好像是發生在自己身上一樣！

同時，我也相信，幽默的表達是可以練習的，只要一練再練，把同一

有些人的幽默性格是天生的，但更多人的幽默風格是「練習來的」。

則幽默笑話，說給不同的人聽；同時，注意自己的「抑揚頓挫」，或故意「故弄玄虛」，那麼，幽默的表達技巧一定會愈來愈棒！

馬克吐溫說：「幽默是真理的輕鬆面。」的確，幽默不是「正面的說教」，而是「側面的笑談」；一個善於幽默表達的人，會給別人帶來無比的歡樂，也為自己帶來更多的自信與魅力！

老師，您在找仙女啊？

男女相處，必須相互容忍、退讓。
因為，「溫柔相待，幸福常在」呀！

以前，我還沒結婚時，有很多朋友見到我，就會關心地問我：「小戴，怎麼還不結婚啊？你是不是有什麼隱疾？……你已經超過適婚年齡了，要趕快結婚啊！」

也有人一直催促我說：「小戴啊，你不要太挑剔啦，再挑下去，自己都老了……你知道嗎，人老了，才要生孩子是很辛苦的，搞不好，會生個痴呆兒子哦！」

另外，也有人擔心地說：「小戴啊，你不要四、五十歲才結婚哦，那麼老才結婚，搞不好連抱小孩都抱不動，要追打小孩也追不上喲！」

還有一個朋友說：「小戴，你再不結婚的話，就快得『精蟲肥大症』了！」噢，眞是有夠低級的。

唉，怎麼會有這麼多無聊、好管閒事的人？

在我還沒結婚之前，也有女學生問我：「老師，您找師母的條件是什麼？可不可以稍微透露一下？」

我想了一下，隨口說道：「很簡單啦，一、個性溫和、不吵架；二、學歷碩士；三、長得漂亮；四、會唱歌、會彈琴，懂得藝術；五、信仰相同、基督徒。」

女學生們聽了，告訴我說：「老師，您在找仙女啊？」

呵，這眞的好像是在找仙女，很不容易，所以我才會那麼晚婚！

後來，年紀太大了，拖不下去了，結了婚，才發現，另一半並沒有完全符合上述的條件！算一算，好像只符合其中的「一個半」條件而已，哈！

有句西洋諺語說：「男人娶錯老婆，就不再害怕地獄了！」

眞的，娶錯老婆，比活在地獄更可怕，所以，現在咱們社會離婚率越來越高！

當然，女人嫁錯老公，也一樣是不再害怕地獄；因爲，嫁給爛老公比身處於地獄更恐怖呀！

所以，「婚姻，是人生的最大投資！」在做這重大投資之前，男女都

娶錯老婆，比活在地獄更可怕喲！

必須睜大眼睛、小心選擇，免得後悔莫及啊！

聽說，有一個女孩子很棒，「十全有八美」。哇，這眞的是很不容易呀！那……那少了哪兩個美呢？——少了「內在美」和「外在美」！

哈，這是開玩笑的！可是，說真的，人哪有「十全十美」的呢？男女相處，必須相互容忍、退讓，彼此協調、適應，也在磨擦、衝突中，更了解對方的性格，也更加體貼地互相對待；因為，「溫柔相待，幸福常在」呀！

令人驚艷的「校園美女」

「聽清楚、問清楚、想清楚、講清楚。」

每個人都要力求口齒清晰、減少傳播障礙！

聽說，有個大學女生長得很漂亮，是大家公認的「校園美女」。而當這女生到學校上課、走過走廊時，就會有好多男生趴在窗口上，目不轉睛地看她，哇，好漂亮的女生哦！她，不僅身材棒、頭髮飄逸，臉蛋也是超可愛的！

有一天，這女生又到學校上課，依然有許多男生趴在窗口上，看著她婀娜多姿地走過……嗯，空氣中似乎還瀰漫著迷人的香味。

這時，排球場上有一個「排球」飛了過來，剛好不偏不倚地打在這「校園美女」的臀部上；這「校園美女」嚇了一跳，也轉過頭來，大聲問說：「ㄙㄨˋㄙㄨㄟˊ？」（「是誰」的台灣國語）

此時，所有男生，都從窗口上跌了下來！後來，她的朋友告訴她說：「以後妳只要笑就好了，不要開口說話了！」

也聽說，有個小姐很喜歡吃滷味，經常到夜市去買滷味，包括「雞脖子、雞翅膀、雞屁股」。

有一次，她很高興地跑到夜市買了很多滷味，也特別向老闆交代說：「老闆、老闆，我的脖子要切三塊，我的翅膀要切四塊。」

老闆聽了，笑笑地說：「沒問題，小姐，請問妳的屁股要切幾塊？」

「小姐，請問妳的肉要切大塊的、還是小塊的？」

而且，這老闆又很熱心地再問她：「小姐，請問妳的屁股要不要擦辣椒啊？」

以前，我唸國立藝專時，老師常叫我們到國家音樂廳、國家劇院去看戲劇或舞蹈表演，回來後，要寫心得報告。

有一次，一個同學要去「國家劇院」看默劇，但看時間來不及了，就攔了一輛計程車下來。才一上車，司機就問他：「你要去哪裡啊？」

這同學說：「國家ㄐㄧˋ院啦！快，快來不及了！」

司機一聽，說道：「啊？妓院也有國家的哦？……國立的比較便宜是不是？」

人在溝通時，如果「口齒不清」或「語意不明」，常會產生一些傳播

上的障礙。

所以，在說話時，我們都得學習——「聽清楚、問清楚、想清楚、講清楚」，讓自己的「溝通與表達」，能做得更好，也拉近人與人之間的距離、減少傳播障礙。

祝你一路順風，半路失蹤！

孩子們的俚語，充滿著天真和創意，
但，記得要「寫下來、記下來，並且用出來！」

當我在世新大學任教時，系上曾有一個女孩子站到台上來演講；面對台下的一群同學，這女孩子很緊張，她用顫抖的聲音說：「我……我實在長得不怎麼樣，不過，我長得『設備齊全、各就各位』！」

這女孩話一說完，全班同學莫不哄堂大笑。

現在，人家說一個女孩子長得很「賢慧」，可能會有別的解釋。什麼

叫很「賢慧」呢？就是——「閒在家裡，什麼都不會！」

噢，不，這種說法似乎太落伍了！「賢慧」現在有新的定義，那就是——「嫌東嫌西妳最會！」所以，人家說妳這個女孩子「很賢慧」，可不要太高興哦！

也有人說：「這個男孩子長得很不錯！」

什麼叫「很不錯」？就是「不是你的錯」！不過，你晚上這樣跑出來嚇人，就是你的不對了！

也有人說：「這個男孩長得很像『外國汽車』！」什麼叫「外國汽車」？就是「歪哥起剉」（「歪七扭八」的台語）！

現在的小孩子，眞的很有創意，所以，小學生有了新的打油詩——「天這麼黑，風這麼大，你好色，我好怕！」

而且，「三字經」也不一樣了，三字經怎麼唸呢？

「人之初，性本善，

你讀書，我搗蛋，

你洗澡，我偷看，

看見兩顆原子彈，

請你讓我摸摸看！」

哈，小孩子真有創意和點子，不是嗎？

我哥的小孩也很可愛，小學時，他因搬家轉學了。轉學前，他的同學幫他寫了一些「離別贈言」；他拿給我看，說：「叔叔，你看，我的同學幫我寫這麼多的離別贈言！」我拿來一看，上面寫著：

「祝你一路順風、半路失蹤；

警察追蹤、死在台中！」

聽說，有一個國中生，爸爸媽媽感情不好，所以老師在台上上課時，他心情很不好，也在課桌上寫了一些字。他寫什麼呢？他寫——

「天這麼黑，風這麼大，
爸爸上班去，爲什麼還不回家？
聽媽媽狂叫怒吼，
眞叫人心裡害怕，
爸呀，爸呀！
有種就把阿姨帶回家！」

唉，爸爸媽媽感情不好，小孩子的心情也很不好，不是嗎？所以，我們都要學習「EQ智慧」、「情緒智慧」，讓夫妻之間、親人之間的感情可以更好，小孩子才不會遭殃呀！

爸媽感情不好，EQ不好，小孩子可是會遭殃的呀！

當美麗小姐與三男士吃飯⋯

話要說得好、說得妙，真是不容易啊！
但若能善解人意，就能獲得對方的好感！

有時候，男人常嫌女人話很多、很囉嗦，打個電話，講了兩三個小時還講不完，眞是有夠長舌的！

曾有一個老公，時常爲老婆「超愛講電話」而頭痛不已，也罵她說：「拜託，妳不要那麼愛講電話好不好？妳看，每次接個電話，講了兩三個小時，電話一直佔線、都快燒斷了，妳還在講⋯⋯」

後來，這老婆學乖了，也記得——話不能說太多、太長舌，要精簡！有一天，這老婆接了一個電話，果然，她長話短說、言簡意賅，只有講了「十五分鐘」就掛斷了！老公一看，好高興，哇，老婆真的進步了。於是，老公興奮地問道：「老婆啊，剛才是誰打電話來，妳只有講了十五分鐘而已？」

此時，老婆說：「神經病，打錯電話，我才懶得跟他囉嗦呢！」

真的，話要說得好、說得妙、說得得體、說到恰到好處，也使人人喜歡，真是不容易啊！

聽說，有個小姐，長得很漂亮，有好多個男生喜歡她，也處心積慮地追求她，經常請她吃飯、逛街、看電影，以致於這漂亮的小姐，時常感到不勝其煩！

後來，這小姐就想到一個辦法——同時請三個追求她的男士一起來吃飯，「一次解決」比較快！而且，這麼一來，也可以同時觀察一下，看這三名男士，誰比較有風度？誰比較有禮貌？

於是，這三名男士欣然赴約了！「三男一女」一起在高雅的餐廳裡用餐。可是，正當大家吃得氣氛不錯時，這漂亮的小姐，突然不小心「放了一個屁」。在這尷尬不已的時候，其中一名男士趕快站起來，說道：「對不起，這個屁是我放的，請大家原諒！」

小姐一聽，哇，心裡好感激哦！這男士居然這麼貼心，懂得幫她解圍，讓她不會太難堪！後來，飯就繼續吃，再一起聊天！

可是，不知怎麼搞的，飯吃了沒多久，小姐又不小心，放了第二個屁！此時，第二個男士趕快站了起來，搶著說：「對不起，這次是輪到我放了，請大家不要介意！」

「天哪，今天的空氣怎麼這麼恐怖？……」

哇，小姐一聽，又眞是很感動，這第二個男士，竟然這麼善解人意，也懂得幫她解圍，讓她不會沒台階下。後來，飯又繼續吃了！

不過，吃到快結束時，這小姐不小心，又放了第三個小屁，哦，那場面，眞的「粉尷尬」！

這時，最後一名男士，看機會萬萬不可失，立刻站了起來，十分禮貌且客氣地說：「對不起，這個屁，還有以後所有的屁，我全都包了！」

哇，小姐聽到「所有的屁，他全都包了！」眞是感動得痛哭流涕，最後，也決定嫁給他了！

當然，這是一個很無聊的「屁笑話」！不過，想一想，**在別人最尷尬、最無助時，若能適時地給對方解圍，或給予幫助，就是善解人意、同理心的表現，也就更能獲得別人的好感和喜歡呀！**

Part 3

開懷笑臉，不要愁眉苦臉

司機，請問你找我有什麼事？

笑聲，是人們所期待、所喜歡的。

我們都希望看到「開懷笑臉」，而非「愁眉苦臉」。

我們每個人都曾經有「搭公車」的經驗。以前，我當學生時，也是天天搭公車上下學。有一次，車上人不多，但，有兩個年輕小姐，剛好沒位子，就站著，靠著椅背聊天。

突然間，司機在停車時，剎車剎得很快、很猛；這時，其中一個小姐反應很快，立刻拉緊「拉環」，拉住了！可是，另外一個小姐則是沒拉到拉環，隨著剎車的衝力，就衝到前面去了。

這小姐衝到前面去的姿勢不太好看，所以，當她回頭一看時，看到很多乘客都在笑她，就不好意思往回走，只好「順著車門就下車去了」！

這時候，另外一小姐手還拉著拉環，很納悶地喃喃說道：「怎麼會這樣？怎麼一句話都沒說，就自己下車去了！」

以前，我哥哥的小孩也很可愛，小時候，個子小，搭公車上學拉不到「拉環」，就一個人獨自站著。

車子開呀開，突然前面有狀況，司機緊急剎車！小朋友一時沒拉到拉環，就身體不穩地「衝、衝、衝」，衝到了司機旁邊。

這時，小朋友覺得很尷尬、很丟臉，不曉得要怎麼辦，只好問司機說：「司機，請問你找我有什麼事？」

聽說，也有一位小姐搭公車時，十分小心翼翼，深怕自己在剎車時，身體跌撞不穩，樣子會很難看，所以，車子行進間，就緊抓著「拉環」，免得自己跌倒。

後來，果眞司機緊急剎車了！這小姐也緊緊拉住了拉環。可是，這小姐太緊張、也太用力了，竟然把拉環「扯斷掉了」；這小姐也隨著衝力，衝到前面司機旁邊，手上還握著那節「拉斷的拉環」。

此時，小姐很不好意思地對司機說：「對不起，司機，我把你的拉環拉斷掉了……」

司機回頭看了一下，笑笑地說：「沒關係，沒關係，集兩個拉環，可以換公車司機照片一張。」

「來，妳已經集兩個拉環了，可以換公車司機照片一張！」

其實，「笑聲」是人們所期待、所喜歡的，我們都希望看到自己的朋友「開懷笑臉」，而不喜歡看到他們「愁眉苦臉」。所以，美國有些醫院已開始僱用「幽默護士」，陪同重病患者看「幽默漫畫」、或說幽默笑話，來協助病人解除疼痛！

也因此，若我們在表達上，能多一些幽默，生活就會多一些歡笑！

你有「幽默心、浪漫情」嗎？

「幽默、風趣」是一種能量和浪漫，
因為，「有笑聲，沒戰爭；有幽默，不寂寞！」

有一個學生對我說：「老師，我考你一個問題好不好？」我說：「好啊！」於是學生就說：「老師，你要仔細聽哦！假如你是公車司機，車上有三十八個人，開到第三站，有九個人下車、三個人上車；第四站有一個人下車、兩個人上車；第五站有三個人下車、一個人上車，那麼，請問你，司機叫什麼名字？」

「我怎麼知道司機叫什麼名字？」我質疑地說。

「老師，你看，你就是不專心聽，我一開始就說，你是公車司機，你怎麼會不知道司機的名字？」

哈，眞是有夠詐、有夠無聊的！不過，學生本來一開始就說「你是公車司機」沒錯呀！

也有一個女學生考我說：「老師，考你一個腦筋急轉彎——什麼事會讓上面的人愉快，下面的人高興？」

「啊？……這……這要我怎麼回答？」我一時語塞，不知如何回答。

「老師，你是不會，還是不好意思說？……」女學生一臉得意地說：「答案就是『演唱會』嘛！」

「老師，再考你一題！」女學生又興致勃勃地問道：「什麼事是劉先生跟劉太太每天睡覺時，都要做的事？」

「啊？這……又要我說什麼呢？」我又不知如何說了。

「老師，你不要害羞，你仔細想，大聲說沒關係嘛！」女學生一直催促，但我還是不知如何回答。

「老師，有什麼不好意思說的啦？睡覺時都要做的事，就是『閉上眼睛』啊！」女學生笑嘻嘻地說。

「幽默、風趣」是一種能量，也是一種浪漫，它能增加人與人之間的親密度。所以，我們可以說：「有笑聲，沒戰爭；有幽默，不寂寞！」

有個幼稚園小朋友，在老師談到「爲什麼有肚臍」時，他舉手說道：「我媽媽說，我有肚臍，是因爲我在快要出生投胎之前，上帝走了過來，用右手食指，用力戳著我的肚子說：『你完了，你完了，這下子你眞的完

「劉先生和劉太太每天晚上睡覺前，都要做什麼事？……

了！……』」

哈，這小孩眞是可愛呀！人，必須有「幽默心、浪漫情」，生活才會快樂、豁達呀！

我兒子唸幼稚園時，也曾經考我說：「爸爸，你知道世界上什麼螺絲最大嗎？」

天哪，我怎麼會知道呢？此時，兒子得意地說：「是俄羅斯啦！」

你好，你好，看到你真好！

凡事感恩、凡事感謝！
只要心存喜樂，則「來的，都是好的」！

有一次，我受邀到澎湖馬公去演講；澎湖是外島，自然是要搭飛機去。可是，當天飛機延誤了，所以縣政府衛生局承辦人員很緊張，怕我趕不上演講時間。

當我抵達馬公時，看見承辦人員已經很著急地在機場等著要接我，她對我說：「對不起，戴老師，來不及了，我們派一輛車來接你，希望你不

廣告回信
台北郵局登記證
台北廣字第2218號

時報出版
CHINA TIMES PUBLISHING COMPANY
尊重智慧與創意的文化事業

地址：台北市108019和平西路三段240號5F

電話：(0800) 231-705（讀者免費服務專線）

(02) 2304-7103（讀者服務中心）

郵撥：19344724 時報文化出版公司

網址：www.readingtimes.com.tw

請寄回這張服務卡（免貼郵票），您可以——

- 隨時收到最新消息。
- 參加專為您設計的各項回饋優惠活動。

*讓**戴晨志**老師喜怒哀樂的作品，陪伴您一起歡笑、成長。*

寄回本卡，您將可獲得戴老師的最新出版訊息。

◎編號：**CLZ0208**　　書名：**幽默智慧王**

姓名：

生日：　年　月　日　性別：□男　□女

學歷：□1.小學　□2.國中　□3.高中　□4.大專　□5.研究所（含以上）

職業：□1.學生　□2.公務（含軍警）　□3.家管　□4.服務　□5.金融

□6.製造　□7.資訊　□8.大眾傳播　□9.自由業　□10.退休

□11.其他 ______________

地址：□□□ ______________________________

____

E-Mail：______________________________

電話：(O)__________(H)__________(手機)__________

您是在何處購得本書：

□1.書店　□2.郵購　□3.網路　□4.書展　□5.贈閱　□6.其他

您是從何處得知本書的訊息：

□1.書店　□2.報紙廣告　□3.報紙專欄　□4.網路資訊　□5.雜誌廣告

□6.電視節目　□7.資訊　□8.DM廣告傳單　□9.親友介紹

□10.書評　□11.其他

請寫下閱讀本書的心得、建議或想對戴老師說的話：

____

____

____

____

____

____

要介意！」

我說：「沒關係，有車子坐就可以了！」

可是，當我走出機場一看，嚇我一跳，您猜，他們派什麼車子來接我？摩托車？警車？坦克車？……

您知道嗎，當我走出機場一看，一輛「救護車」已經在門口待命了！我心裡一想，「天哪，我一輩子沒有搭過救護車，怎麼會派一輛救護車來呢？」還好，他們請我「坐在前面」（駕駛座旁），不是叫我「躺在後面」！所以，一上了車子，救護車跑得很快，沒有停紅燈，一下子就到演講會場了，沒有遲到。

後來，我想一想，有「救護車」坐已經很不錯了，萬一是「環保局」來接我的話，那會派什麼車呢？大概就是「垃圾車」了！

所以，凡事感恩、凡事感謝！只要我們心存喜樂，也告訴自己——「來的，都是好的！」那麼，我們的心情就會更加快樂。

那次到澎湖衛生局演講，至今已快八、九年了，我也未曾再見過那些衛生局的朋友，不過，那也是我一生至今，第一次「坐救護車」的經驗，回憶起來，眞是很有意思、很甜美呀！

所以，古人說：「既來之，則安之」，不是嗎？

其實，每次的「相逢」，都是很好的緣份，我們都要珍惜每次「相遇的機會」！因為，「相逢、相遇和說再見」之後，是不是一定能「再相見」，真的很難說呀！

我有個女性朋友，她的生意做得很大，也在中國大陸開設公司，經常往返海峽兩岸。可是，有一天，她搭上華航班機要前往香港時，飛機就在

珍惜每次相逢的機會！你好，看到你真好！

澎湖上空爆炸、解體，往生了！

也有位朋友說，他家在台中縣東勢鎮。一天，他回到東勢老家，看到一小學同學在馬路對街，他們很高興地隔著馬路打招呼，但沒說上話。當天晚上，發生了「九二一大地震」，他僥倖地逃過一劫，但他的國小同學卻罹難了。

所以，我們都得「珍惜每次相逢的機會」，遇見老朋友、新朋友時，都要滿心歡喜地大聲說：「你好，你好，看到你真好！」

趕搭火車的三個男人

人必須確定自己的目標和方向，
才不會醉生夢死、生活頹廢、虛度光陰！

聽說，有三個男人一起到火車站去搭火車，可是，到了火車站時，發現火車已經開走了。唉，眞倒楣，只好到鐵路餐廳吃點東西，等下一班的火車。

在鐵路餐廳吃飯、聊天時，三個男人話匣子一開，聊得很開心，十分起勁，一下子就把下一班的火車時間給忘了！等到他們突然想起時，發現下一班火車的開車時間已經到了；於是，三個男人趕緊抓起行李，衝向火車月台。

這時候，火車已經緩緩地開動了，三個男人很緊張、焦急地沿著月台追趕火車。其中，第一個男人跑得比較快，他跑呀跑，終於跳上了火車！

第二個男人呢，他跑得也不慢，身手也滿俐落的，在千鈞一髮之際，也跳上了火車。最後一個男人呢？他的行李比較多，跑得比較慢，所以沒趕上火車，只好氣喘吁吁地看著火車「嗚——嗚——」開走了。

第三個男人沒趕上火車，卻站在月台上，忍不住地哈哈大笑！剪票員莫名其妙地看著他，也不解地問道：「你沒趕上火車，怎麼還在這裡哈哈大笑呢？」

第三個男人回答說：「剛剛衝上火車的那兩個朋友，是來爲我送行的！」

有時候，人沒有經過仔細思考，也搞不清楚自己的目標和方向，就盲目、毛躁地跟著人往前衝；衝到最後，可能成功了，但也可能搞錯方向了，最後一事無成、徒勞無功。

所以，每個人都需要知道自己的興趣、能力，同時確定自己的目標、理想，才能夠朝著自己的目標和方向，往前邁進！

其實，一個人的心中如果缺少一盞指路明燈——目標，那麼他的生活將會是醉生夢死、茫茫然。

就像有另一個男人，喝酒喝得醉醺醺的，神智不清，身體也搖搖晃晃。這個男人在重慶北路上，攔了一輛計程車；一上車，司機問他說：「請問你要去哪裡?」

「到重慶北路。」醉酒男人說。

「這裡就是重慶北路啊！」司機說。

喝醉酒的男人，勉強睜開眼睛，看看車外，點點頭說：「噢，到了是嗎？好，好……下次不要開這麼快哦！」

有人說，成功有「三A」——Aim（目標）、Attitude（態度）、Action（行動）。的確，人必須要確定自己的目標、方向，也以積極的態度，努力行動，才不會盲目地衝上車，也才不會醉生夢死、生活頹廢、虛度光陰！

「老兄啊，你別再生活頹廢、醉生夢死、虛度光陰啦！」

隧道前，有個長髮白衣的女孩…

記憶是短暫的，記錄才是長遠的；長長的記憶，不如一枝短短的筆！

有一次，我在開車時，聽到廣播節目中，有個主持人講了一個故事——有個計程車司機，半夜一、兩點空車要回家，就經過台北市的「辛亥隧道」。很多人都知道，辛亥隧道前面是「殯儀館」，所以，很多故事，都發生在辛亥隧道外面或裡面。

突然之間，這司機看到隧道前面有個女孩子，頭髮長長的，穿著白色的衣服，竟不斷地向他招手，想要坐車。這時，司機心裡很緊張，也很掙扎——「要不要停車？……可是，如果不停車，萬一這個女孩子飛過來的話，怎麼辦？」

後來，司機就把車子停了下來，讓那女生坐到後座。司機從後視鏡一看，烏漆抹黑的，很緊張，就拿起旁邊一顆蘋果，「扣」地咬了一口，一邊吃蘋果，一邊克服緊張、專心開車。

可是，沒想到，後面的那個小姐說話了，她說：「這—是—我—生—前—最—喜—歡—吃—的—水—果……」

司機一聽，嚇死了，馬上把蘋果放在一邊，不敢吃了！不過，這時後面的小姐又說了一句話：「可—是—自—從—我—生—完—小—孩—之—後，我—就—不—再—吃—了！」

當我聽完這個故事時，哈哈大笑，這眞是一則很有意思的笑話！所以，我立刻拿起身上的筆和紙，一邊開車，一邊簡單地速記下來。

事實上，我們身邊經常發生一些有趣的事，或聽到一些有意思的笑話，可是，如果我們不當場寫下來、記下來，我們一下子就會忘掉了！

我知道，我的記憶力不好，很多事情都會忘記，所以，我在身上、車上、臥室、洗手間……都會放一些紙筆，讓我在想到什麼趣事時，可以馬上把它記下來，甚至事後，把它「講出來」！不寫記下來，有再多、再好的幽默笑話，一下子就忘光了。

所以，**「記憶是短暫的，記錄才是長遠的呀！」**

而且，**「長長的記憶，不如一枝短短的筆啊！」**

前一陣子，我聽到一則小故事——最近有各種不同的選美比賽，都大

長長的記憶，不如一枝短短的筆！

張旗鼓地進行，有什麼「梅花小姐」、「港都小姐」、「中華小姐」、「環球小姐」……一大堆，令人看得眼花撩亂。

於是，就有人問道：「選美比賽到底是從什麼時候開始的？」

答案是——「從人類有兩個女人時，就開始了！」

在天堂裡，做愛做的事！

說幽默笑話時，千萬不能先笑！
因為，「自己不笑，別人大笑」，才是高手呀！

有一個老公因車禍過世了，老婆心裡十分難過，也對先生思念不已。

一天，老婆經人介紹，找到一個法力超強的「靈媒」，來替他們搭起陰陽界的溝通橋樑。在靈媒施咒、作法之後，老婆終於可以和死去的老公通話了：「喂，喂，老公，你可以聽到我的聲音嗎？」

「親愛的，我……我可以聽到妳的聲音，好棒哦！沒想到我死了，還能夠和妳說話！」老公說。

這時，老婆既著急、又興奮地問：「親愛的，你現在住的環境好不好啊？」

「噢，親愛的，我這裡環境很美、很棒，都是藍天白雲、鳥語花香、氣候舒適宜人！」

「那……老公，你們平常都在做些什麼事啊？」老婆急切地問道。

「我們呀，每天早上醒來，吃完早餐後，就開始做愛；吃完午餐，休息一下，玩了一會兒，又開始做愛做的事。晚餐過後，也是一樣……我們除了睡覺、吃飯之外，就是一直做愛做的事，每天都是差不多！」

「哇，這麼棒啊！原來天堂就是這個樣子啊！」老婆興奮地問。

這時，老公回答說：「什麼天堂？我……我現在已經變成一隻『種豬』啦！」

哈，一個人每天都不必做事，每天鳥語花香、又吃又喝、經常睡大頭覺，或不停地做愛做的事，那豈是「活在天堂」？不被逼瘋才怪！想想，過著「種豬」的日子，是多麼可怕呀！

其實，一個人要想把幽默笑話講得好，並不容易，因爲他必須透過聲音的變化、高低起伏、抑揚頓挫、細聲粗音、或速度快慢，加上手勢動作，來做整個故事的語言表達；就像說書的演員一樣，淋漓地發揮其「幽默語言藝術」。

也因此，同樣一個幽默故事，不同的人講述，就會有不同的「效果」和「笑果」，因爲，每個人的表達方式都不相同。

所以，請您將上述的「種豬」故事，試著講給不同的五個人聽，您會發現，您會愈講愈好，技巧愈來愈純熟！

如果在天堂裡，每天無所事事，只是吃飯、睡覺、玩樂，
那不被逼瘋才怪！

不過，您必須注意到自己的「音韻、音調、音量、快慢、停頓、動作」，儘可能地將一個故事活潑呈現；而且，您在說幽默笑話時，必須忍住氣，千萬不能先笑，因為，一個「自己不笑、別人大笑」的人，才是個幽默高手啊！

當老婆大人被綁架時⋯

幽默的人，不需要什麼「博士學位」；
只要你夠幽默，你就是「幽默博士」！

以前做了很多豐功偉業，後來當了台中市長的胡志強，他是英國劍橋大學的博士，也是一個很有說話魅力的人。

有一次，胡志強請了一些教授、老師們一起吃飯，我也在座；席間，胡博士就說：「唉，我們這個社會治安愈來愈亂了，你看，綁架經常發生，擄人勒索的案子真是愈來愈多了……」

在座的教授們聽了，莫不點頭稱是。的確，咱們的社會治安眞是亮起紅燈了。此時，胡志強又說：「我發現，發生綁架案時，『綁小孩子』的很多！因爲，小孩子家裡很有錢，父母又很疼愛小孩，小孩總是父母的心肝寶貝嘛，所以就會趕快去籌錢，把小孩子贖救回來！」

接著，胡志強又說：「其次，我覺得『綁先生』的也很多！你看，那些大公司、大老闆、董事長、總經理，事業做得很大，家裡很有錢，所以經常成爲歹徒覬覦的目標，而被綁架綁走了！而且，太太很疼愛先生，所以也就趕快籌錢，把先生救回來！」

後來，胡志強停了一下，又說：「可是，我覺得很奇怪，好像沒有人要『綁太太』耶！似乎沒有聽說過太太被歹徒綁架！爲什麼？……我研究了一下，後來就知道答案了——因爲如果太太被綁、先生知道了以後，一定會馬上問歹徒：『你要綁多少錢啊？要綁一千萬是嗎？拜託、拜託，我給你兩千萬，拜託你不要把她送回來，好嗎？』」

胡志強這麼一講，在場的人莫不哄堂大笑！當然，胡志強是開玩笑的，因爲，他是主人，他必須講一些有趣的幽默笑話，讓現場氣氛很愉悅、融洽！

當時，我坐在餐席上，看到胡志強講話這麼風趣，講得自己不會笑，卻讓現場所有的人哈哈大笑，眞是個「幽默高手」啊！那時，我也趕快拿出筆來，把胡志強所說的笑話記下來；因爲，不記下來，過一會兒，我們就會忘記啊！

其實，學習說幽默笑話的第一步，就是要「多聽笑話、多尋找幽默題材」，然後經過過濾、篩選，把一些有趣的笑話記下來、背下來，然後在適當的時候「表現出來」！

「拜託，我把贖金加倍，請你千萬別把我太太送回來！」

所以，一個幽默的人，不需要什麼「博士學位」；相反地，只要你「夠幽默」，你就是一個「幽默博士」啊！

眞的，拿博士的人，大多是非常嚴肅、不苟言笑的！但是，如果你是個「冷面笑匠、幽默高手」，你就是「幽默博士」，一定比那些「純博士」，更加大受歡迎！

Part 4

多灑香水，就能如魚得水

打冷戰、鬧離婚的夫妻

聽我們說話的人，不一定聽我們的話；真的，「強勢的建議，是一種攻擊」呀！

有一對夫妻，經常吵架，吵得很不愉快！後來，先生想要離婚，就到法官那邊去，請求離婚。法官看了一看這對「怨偶」，就問先生說：「你們兩個人年紀這麼大了，結婚這麼久了，幹嘛還要鬧離婚呢？」

先生聽了，很生氣地對法官說：「法官，你不知道，我這個老婆啊，每天都跟我唱反調！」

在旁的太太一聽，也很生氣地對老公說：「你才跟我唱反調咧！」

先生看太太這麼不可理喻，就大聲回罵說：「妳神經病啦！」

太太說：「你才神經病咧！」

先生愈聽愈氣，又大聲罵道：「妳去死啦！」

太太說：「你才去死咧！」

在旁的法官聽了，緩緩地說道：「聽起來，你們兩個人意見還蠻一致的嘛！」

哈，夫妻兩個人「意見都很一致」，都習慣用「負面、否定」的話來批評對方、論斷對方！

其實，我們每個人都不喜歡被人批評、被人否定；可是，我們有時候又不自覺地，喜歡去否定別人、批評別人！**所以，「聽我們說話的人，不**

一定聽我們的話！」的確，如果我們說話的口吻、口氣，或態度不太好，那麼，別人也會很不喜歡聽我們說話呀！

也有一對夫妻打冷戰，兩個人都不說話，看誰先憋死！

後來，在睡覺前，先生突然想到一件事，可是兩個人都不說話，所以他就拿了一張紙，寫了一些話，拿給老婆。老婆拿來一看，上面寫著：「明天早上七點，把我叫起來！」

老婆心想：「管他去死，兩人不講話了，管那麼多幹嘛！」所以，兩人就熄燈睡覺了。

隔天，老公醒來，一看——「他媽的，已經八點半了！」老婆呢？老婆已經上班去了，居然沒有叫他！

老公氣得趕快穿衣服、打領帶，準備衝去上班。可是，這時候，老公

「湯、飯、魚、肉、菜都在桌上，你自己拿去吃吧！」

突然發現，床頭上竟留著一張紙條！老公拿來一看，上面寫著：「死豬，七點了，趕快起床！」

哈，老婆也留了一張紙條給他。

有句話說：「強勢的建議，是一種攻擊！」

的確，如果我們說話的口氣是「上對下」、是「命令式」，或太過於強勢，別人聽起來，都會像是「攻擊」一樣，不是嗎？

找不到結婚對象的男人

「肯定自己、欣賞自己、看到別人！」
我們都要「看到別人的優點、努力和付出」呀！

曾有一名男士，很晚婚。而在他好不容易結婚之前，就去拜訪岳父，也請教岳父說：「張伯伯，再過幾天，我就要跟曉玲結婚了，不知道張伯伯對我，有沒有什麼忠告？」

「忠告？……不敢哪，不敢哪，我怎麼會有什麼忠告？」岳父很客氣地說道：「不過，我只想提醒你一下，再過幾天，你跟我們家曉玲結婚之後，麻煩你不要常常罵她、批評她……譬如說，罵她、批評她『脾氣不好、個性不好！』」

這岳父繼續說道：「我們家曉玲啊，從小就是脾氣不好、個性不好，所以才會沒辦法找到更理想的丈夫！」

哈，當我們在批評別人「脾氣不好、個性不好」時，可能我們自己的脾氣和個性也不太好呀！

我喜歡一句話——「肯定自己、欣賞自己、看到別人！」

的確，在我們肯定自己、欣賞自己之時，也要「看到別人」——看到別人的好，也看到別人的優點和付出。

另有一位男士，已經超過適婚年齡，但一直沒有機會找到合適的女朋友。後來，他在「婚姻介紹所」裡交了一筆錢，看能不能找到「速配」的女朋友？

在交了錢之後，這男士進入了一房間，裡面有兩個門讓他選；第一個門上寫著：「年輕貌美」，第二個門上寫著：「面貌平庸」。這男士本能反應地推開「年輕貌美」的門，走進去了。

進入之後，這男士發現，裡面又還有兩個門，要讓他來選；第一個門上寫著：「手藝奇佳」，第二個門上寫著：「手藝尚可」。不用想了，這男士又推開「手藝奇佳」的門，大方地走了進去。

進去之後，這男士發現，裡面又還有兩個門，讓他挑選；第一個門上寫著：「嫁妝可觀」，第二個門上寫著：「嫁妝微薄」。這男士，又很自然地推開「嫁妝可觀」的門，興奮地走了進去。

走進去之後，這男士發現，沒有門了！這房間裡，只有一個大鏡子，

「兒子啊，你真的要跟那個長得像豬一樣的小姐結婚嗎？」

鏡子上寫著：「要求太多！豬八戒，照鏡子，看看你自己長什麼模樣？」

哈，人常常「要求別人」，比較少「要求自己」！交女朋友時，要「年輕貌美」、要「手藝奇佳」，還要「嫁妝可觀」，卻不想想看，自己的條件如何？夠資格嗎？

其實，當我們選擇別人時，別人也在選擇我們呀！

當我們批評別人時，別人也在批評我們呀！

請問老師，我男朋友的信寫什麼？

人若能「將心比心、善解人意」，就會減少許多隔閡和誤解！

曾經聽說過一個故事：有一個女學生，和男朋友認識一段日子了，兩個人的感情也很不錯，經常通信，互通心情。有一天，這女學生接到男朋友的來信，內容很簡單，只有八個字——

我○○○

妳○╳○

女學生看來看去，看不出個所以然來，也搞不清楚男朋友寫信的眞正意思是什麼？於是，這女學生就到學校去，問問看國文老師的看法。國文老師看了一下，想起他平常批改作業時，好的句子就打〇，不好的就打×，所以他就說，這很簡單，就是——

我好好好

妳好不好

女學生聽了，心裡有點懷疑，因爲，他們的感情不錯，難道寫信只有這八個字「問好」而已嗎？後來，女學生又把信拿給數學老師看，請教高見。數學老師一看，就以數學的專業眼光說，這不是很簡單嗎，〇就是零，所以信中的意思就是——

我零零零（靈）

妳零不零（靈）

妳男朋友的意思是說，我「心有靈犀一點通」，妳有沒有通啊？妳跟我有沒有來電啊？

可是，這女生又有點疑惑了，因爲他們倆的感情雖然不錯，但還是不會那麼快就墜入愛河「談戀愛」啊！

後來，女學生又請教化學老師。化學老師想了一下，很親切、委婉、又熱心地告訴她：○就是「氧」，而氧氣是對人有幫助的，人必須有氧才能活；而且，「氧」的音就是「癢」，所以呢，信中的意思很可能就是——

我癢癢癢

妳癢不癢

女學生一聽，就不敢再問下去了！

哈！我們每個人對一件事的看法，都是根據自己的經驗和想法來做判

「這是哪一國的情書啊？上面半個字都沒有！」

斷，所以，國文老師、數學老師跟化學老師，對句子的解讀，就各有不同。

的確，我們都常站在自己的立場和角度來看問題、解決問題，而比較少站在對方的立場來想問題；也因此，人與人之間，就會產生隔閡或誤解。然而，人若能「將心比心、善解人意」，多站在別人的角度來思考，或多開口請教，那麼，就會減少一些誤解的產生。

當我抱一束花，走進病房…

多灑香水，少吐苦水，少潑冷水！
多給別人鼓勵和肯定，就會更受歡迎！

以前年輕在校唸書時，我曾經和一女孩子交往。這女孩子長得很漂亮，也滿有才華的，會唱歌、跳舞，也會彈琴，我們大概交往了半年。

有一天，這女孩子突然生病了，好像是什麼急性盲腸炎，就被送到台大醫院去開刀。我想，人家生病住院，總是要去看她一下。可是，到醫院探病，不應該空手去，總該帶點東西呀！

我想一想，該送什麼呢？好像都是送「花」或「水果」。到底「花」比較貴，還是「水果」比較貴呢？好像都很貴！而我，當學生也沒什麼錢，於是向媽媽要了一點錢，前往花店，買了一束花，送到醫院去。

可是，買了花以後，我又覺得，一個男人，手上抱著一束花，實在很難看、很丟臉，所以，我就用「報紙」把花包起來，然後抱著「一束報紙」，到醫院去看她。到了醫院後，再把報紙打開，丟到垃圾桶去。

於是，我抱一束花，進了病房；這女孩子看我抱一束花，就臭著臉、皺著眉，一副很不高興的樣子！各位猜，爲什麼她很不高興呢？

什麼，你說我送「菊花」？那太瞧不起我了，我也有EQ智慧，我怎麼會送人家菊花呢？當然也不是「劍蘭」，更不是「康乃馨」！我送的是「十朵紅色玫瑰花」，十朵紅玫瑰，代表愛情，應該可以吧！

那她爲什麼不高興呢？噢，可能是她「對花過敏」。嗯……也有可能，但答案不是這個。那……大概她嫌我「只送花，沒送花瓶」！哈，有可能，但我不知道「送花還要送花瓶」啊！

什麼，你猜，她想要「紅包、現金」，不想要花！嗯……也有可能！

什麼，你猜，是「送花的人不對」！噢，謝謝你哦！原來是我不應該去看她！

其實，大家都沒猜對，答案是什麼呢？這女孩看我抱一束花進了病房後，對我說：「我們生物老師說，植物在晚上會吐『二氧化碳』，對病人不好！」

我一聽，噢，我的媽呀，怎會這樣？我好心好意送花給妳，妳居然跟我說，這些花「會吐二氧化碳，對病人不好」！

我心想，好像也沒錯，以前生物老師說，植物在白天會吐「氧」，晚上會吐「二氧化碳」！可是，你知道嗎，人會有很高的「預期心理」，預期我送花給妳，妳應該跟我說什麼？說「花很香、很漂亮、很喜歡、很感動……」結果，沒有，她居然跟我說，「花會吐二氧化碳」！

也因此，我整個人的情緒，就這樣從最高點，掉到最低點，心情實在很差；而在病房裡，跟她講了五分鐘的話之後，我就對她說：「對不起，我有事，我要先走了！」

而當我要走的時候，我就記得，把那束花——一起帶走！爲什麼呢？因爲它會吐「二氧化碳」啊！

所以，閩南語有一句話說：「好心給雷親！」這眞是「好心沒好報」，而且，是「熱臉貼在冷屁股」呀！

人際溝通中，有所謂的「交換理論」，意謂我們每天都跟別人在「交

「別擔心，這是塑膠花，晚上不會吐出二氧化碳！」

換」；當我們有些正面付出時，我們也會期待別人給我們「正面的交換和回饋」！

我們都不希望別人給我們的話語，是負面的、或是不舒服的！也因此，我們都得學習——「多灑香水、少吐苦水、少潑冷水！」多在言語上，給別人正面的鼓勵、或善意的回應，那麼，我們就會更有人緣，更受人歡迎！

我的第一次相親經驗

只要多說些「漂亮話」，別人就會更快樂；
千萬別讓「無心話」，傷害「有情人」哦！

以前，我還沒結婚之前，有很多同事很熱心，想當「紅娘」，就問我：「小戴啊，幫你相個親好不好？」

我想，反正閒著也是閒著，沒事幹，去相個親也無妨，就答應了。後來，相親見面的地點，就約在台大對面的一個教堂——「懷恩堂」；懷恩堂前面有個小廣場，就約在那兒見面。

一看到這個女孩子，哇，長得很不錯，滿漂亮！她是「留美」的碩士，我也是「留美」博士；她喜歡唱歌，我也喜歡唱歌！她愛好藝文，我也愛好藝文……嗯，兩個人聊得好開心！

後來，我們要到餐廳吃飯，我就開車載她去。可是，當我要從左邊駕駛座進去之前，我對她說：「××小姐，麻煩妳自己從右邊開車門，自己進來……對不起哦，我從來沒有幫女孩子開車門的習慣！」

這女孩子聽我這麼一講，臉馬上沉了下來！進了車子之後，表情顯得很不高興；我跟她說話，她總是繃著臉，一副很不悅的樣子。

我想，我也沒說錯什麼很嚴重的話呀！因爲，以前有個老師對我們說：「有些女孩子好奇怪哦，又沒有斷個手、斷個腳，爲什麼一定要幫她開車門？」所以，我就「秉持老師的教誨」，隨便開玩笑說了一下而已！沒想到，這女孩子很在意，臉上顯得很不高興。

您知道嗎，那頓飯，我吃得很痛苦，因爲，那女孩子始終臭著臉，沒有一絲笑容。後來，吃完飯，我送她回家，直到今天，十二年過去了，我們從來就沒見過第二次面！

事情過後，幫我介紹女孩子的朋友說，那天，那位小姐很不高興，說我怎麼可以和她第一次見面時，就強調什麼「叫她要自己開車門進來」，而且還說，「我沒有幫女孩子開車門的習慣！」

天哪！我怎麼知道那小姐這麼介意這些話？我只是開開玩笑而已啊！完了，完了，說錯話了！所以，後來我學習到——

「在適當的時候，要說出一句漂亮的話！
在必要的時候，也要及時打住一句不該說的話！」

眞的，在某些場合中，要說出一些「漂亮話」！而這些「漂亮話」，不一定要是「眞心話」！因爲，有些太眞心的「眞心話」，可是會傷人的喲！

也因此，古人說：「話到嘴邊留三分。」

也有人說，說話是沒有「橡皮擦」、沒有「立可白」的，不能把它擦掉、塗掉！

所以，在把話說出之前，要記得——「不要急著說，不要搶著說，而是要想著說。」因爲，有些話一說出口，就無法收回！就像在牆壁上釘了一些釘子，再把釘子拔掉，有沒有痕跡呢？一定會有！所以，說話，不可不愼啊！

其實，只要我們能多說「漂亮話」，別人就會快樂呀！

同時，千萬別讓「無心話」，傷害「有情人」哦！

不該說話的時候，我就把嘴巴縫起來啦！

相親時，看誰先開溜、翹頭？

我們看不順眼的人愈來愈多時，
看我們順眼的人，就會愈來愈少！

我到了三十五、六歲時還沒結婚，就有一些很熱心的朋友對我說：「小戴啊，年紀也不小了，該結婚了……我幫你安排個相親好不好？」

我想，沒事閒著也是閒著，就說「好啊」，去相親一下，多認識一些朋友，也是很好！不過，相親前，我跟我的朋友說，你那個「B. B. Call」（呼叫器）借我一下好不好？

朋友問說：「你要 B. B. Call 做什麼？」

我說：「我去相親，兩個人一見面，如果互相看上眼，聊天聊得很高興，我就不會打電話麻煩你了！可是，如果兩人不來電、看不上眼，吃飯時，也沒什麼話好講，氣氛就會很尷尬！那時候，我就會偷偷打電話給你，麻煩你就 call 我一下，讓我的 B. B. Call 可以叫，表示我有緊急的事要處理，就可以有藉口、有理由先開溜，免得兩人坐在那邊，沒話好講，場面會很難堪！」

我的朋友聽我這麼一講，好像也滿有道理的；於是，他就借給我他的 B. B. Call，我也就帶著 B. B. Call 去跟那女孩子相親。

這是十二年前的往事了，那時候，手機很少，大家都用 B. B. Call 這種呼叫器，來彼此聯絡。

到了相親地點，一看到她，哇，這女孩子長得真的「粉不錯」，滿有氣質的！可是，一聽到她開口講話，天哪，竟是「台灣國語」！

當然，講「台灣國語」沒什麼不對，只是我個人很不習慣。而且，我也嫌她「沒有當老師」，因爲，我希望以後的太太最好是當老師，有「寒假、暑假」，可以有更多時間照顧孩子。

後來，講了沒多久，我覺得兩個人眞的不是很「速配」，好像不太來電的樣子。於是，我就利用上洗手間的機會，偷偷打電話給我的朋友說：「拜託，等一下你 call 我一下，好不好？但是不用太早打，半個小時以後再打就好了，免得給人家太難堪，太沒有面子！」

我的朋友說：「好、好，沒問題，你放心回去吃，半個小時後，我一定會 call 你。」

掛完電話，我就很放心地回去吃飯，也裝著一副很高興的樣子，繼續和那女孩子相親。可是，才吃了沒多久，就聽到「嗶——嗶——嗶——」

「拜託你，等一下一定要 call 我，讓我的呼叫器一定要叫哦！」

的聲音開始叫了！

我低頭一看，不是我的 B. B. Call 叫了，而是那個女孩子的「大哥大」（手機）叫了！我只聽她說：「啊，眞的啊？好、好、好，我馬上來……」

這女孩子說，她有緊急的事，她要先走！

噢，眞是氣死我了，她居然比我還早走！這眞是叫做──「道高一尺、魔高一丈！」

所以，當我們在挑剔別人時，別人也正在挑剔我們啊！

而且，當我們看不順眼的人愈來愈多時，看我們順眼的人，就會愈來愈少了，不是嗎？

事實上，我們一開口說話，就是「自己的廣告」！如果我們表現出來的態度，是「不太喜歡別人」，那麼，別人也會「不太喜歡我們」呀！

多用「漂亮話」安慰別人！

即使有些漂亮話不是那麼真，
但它會安慰別人，不會刺傷別人啊！

曾有一個女學生在學校電梯裡看到我，很興奮地對我說：「老師，我昨天晚上在電視上看到您耶！您上了那個什麼節目，講了半個小時，講得好好哦！」

這女生愈說愈高興，當著電梯裡其他同學和老師的面，繼續說道：「老師，我覺得你在電視上好好看哦，比你本人還好看。眞的，我不騙你！」

噢，我一聽，氣死了，像是被她重重地「捶了一拳」，但還是必須「忍住陣痛」，在電梯裡當大家的面，對她笑著說：「謝謝！」

唉，有些話，能不講就不要講，沒有人會把妳當成是啞巴呀！

說什麼「覺得我在電視上比本人好看」，這是什麼呆話嘛！怎麼不知道——說話時，要說些「漂亮話」，不必說太多「真心話」，尤其在那麼多人面前！

也有個女性友人遇見我時，問我：「最近暑假都在忙些什麼？」我很迂迴地告訴她：「最近我常慢跑、做仰臥起坐，也爬山、打羽毛球……效果不錯！」

沒想到，這女生竟正經八百地說：「哎呀，沒關係啦，像您這種年

「朱小姐，妳穿這件洋裝，看起來很苗條哦！」

齡，有小腹是很正常的啦！還有很多人比你更胖呢！」

我一聽，氣死我了，什麼跟什麼呀！妳眞是豬頭耶，「你變瘦了！」這麼簡單的幾個字妳不會講呀？幹嘛說什麼「還有很多人比我更胖」！我看，妳自己才胖咧！

說些「漂亮話」，會死啊！即使有些漂亮話不是那麼真，但，它會安慰別人，不會刺傷別人呀！

所以，有一次我在電視上看到孫燕姿，就不經意地說：「孫燕姿很可愛！」

不料，在旁的老婆馬上質問：「你說我和孫燕姿誰比較可愛？」

天哪，這太可怕了，只不過是隨便的一句話，幹嘛那麼當眞？何必比較呢？

可是，沒辦法，有些話是不能隨便亂講的；既然講了，就必須趕快補充些「漂亮話」——「嗯……當然是妳比較可愛啦！孫燕姿上電視，不知道化了多少妝，哪像妳有自然美？」

老婆一聽，終於滿意地笑了！

（對不起，孫燕姿，爲了不和太太吵架，只好犧牲妳了，因爲我不認識妳！）

Part 5

自我解嘲，人人佳評如潮

你想，牧師為何會下地獄？

如果上課時，學生猛打瞌睡，那麼，老師和教授都要負很大責任哦！

有個牧師過世了，當天，剛好也有一個公車司機死掉了。

牧師過世之後，就「下地獄」去了；可是，公車司機死掉之後，就「升天堂」了！

牧師下地獄之後，就很生氣地對上帝埋怨說：「上帝啊，你怎麼這麼不公平！我一生奉獻給你、奉獻給教會，每個星期都要探訪教友；而且，

在做禮拜的時候，不僅要唱詩、禱告、讀經，還要站在講台上證道，爲什麼我最後還會下地獄？……你看看，人家公車司機，從來不上教堂，也不讀經、不禱告、不做禮拜，開車的時候，還『叭、叭、叭』，橫衝直撞、撞來撞去，還撞死人，爲什麼他就可以升天堂？」

這時，上帝對牧師說：「牧師啊，你不要再抱怨了！你知道嗎，你每個星期在教堂做禮拜、證道的時候，每個教友都在『打瞌睡』啊！人家公車司機，開車『叭、叭、叭』，撞來撞去，還撞死人，可是，所有乘客都在『禱告』啊！」

哈，這個故事眞有意思！原來，在做禮拜時，如果有教友在打瞌睡，牧師或神父死後是要「下地獄」的！

同樣地，如果上課時，有學生猛打瞌睡，那麼，老師和教授也是要

「下地獄」的哦！而且，當政府官員或特別來賓上台致詞時，若有聽眾打瞌睡，官員和來賓也都是要「下地獄」的喲！

也因此，我很怕上台演講時，台下會有人打瞌睡；因爲，若有人打呼、打瞌睡，都會害我下地獄啊！

曾有個老師在上課時對學生說：「你們後面打牌的同學，聲音小一點，免得吵到旁邊講話的同學；而講話的同學，也要小聲一點，以免吵到前面睡覺的同學……」

哈，我看，這個老師以後也一定是會「下地獄」的！

爲了讓自己在上課或演講時，不讓台下的人覺得無聊、或太沉悶，而聽得打瞌睡，我會用電腦透過液晶投影機，打出許多大綱、重點字，或是一些有趣、感人的影片，讓大家能聚精會神地聽講、欣賞，甚至做筆記。

「這位老師，拜託你，教室裡禁止利用跳鋼管舞，來防止學生打瞌睡！」

當然，在演講中，「拋問題」也是必須使用的方法之一；因為，透過拋問題，可以讓觀眾跟主講者一起思考、回答、或互動。

有一次，我拋了個問題出來，好多同學都舉手搶答，我一時之間不知道要點誰起來回答？此時，坐在後面的一個男生舉手，大聲叫我：「帥哥，帥哥……」

我對這個男生說：「好吧，你站起來回答吧！不過，『帥哥』有個新定義，你知道不知道？」

他說：「知道！帥哥就是——『帥的地方，都被割掉了！』」

被蓋「嫖客」戳記的台胞

聽來的幽默笑話，或如珠妙語，
都要立刻記下來，並加以分類、歸檔！

咱們台商到大陸投資、設廠的人愈來愈多了，不僅是沿海地區多，連內陸各地也都有台商的足跡；而且，很多台商老闆或幹部，在大陸一待，就是幾個月、半年！由於單身在外，感情生活欠缺，以致於孤獨難耐，也就衍生了許多男女之間「性」的問題。

聽說，如果有男人花錢「召妓」，或進行非法的「性交易」，萬一被公安人員抓到的話，台胞證上就會被蓋上「嫖客」的戳記。

有一次，一名台胞在嫖妓時，被公安人員逮個正著，所以台胞證上就被蓋上「嫖客」的戳記。這台胞心裡很緊張，心想，怎麼辦呢？回台灣後，萬一被老婆發現，一定完蛋了！後來，他只好花了三萬元人民幣，找熟人走後門，儘量拉關係，希望能將台胞證上的「嫖客」兩字除掉。

過了兩個星期之後，對方答覆說：「對不起，實在沒有辦法，現在公安管得很緊、鐵面無私，說什麼也無法將『嫖客』兩字拿掉。」可是，三萬元人民幣也拿不回來了。

不久後，有一名大陸年輕人主動跑過來，對這名台商說，他只要「兩萬元人民幣」就好了，他保證一定有門路、有辦法把「嫖客」兩字改掉。這台商一聽，就欣然付了兩萬元人民幣。

兩個星期之後，那大陸年輕人終於有回音了。台商焦急地問說：「改好了嗎？改好了嗎……」

大陸人說：「沒問題，改好了！」

那台商趕快把台胞證拿來一看，上面竟然加了一個字──「非嫖客」，以證明他的清白。

其實，這個故事是我在和朋友吃飯時聽來的，大家聽了，一陣爆笑！我相信，我們平常在許多場合，都會聽到許多有趣、幽默的笑話，也會在很多報章雜誌上，看到一些雋永、風趣的典故，或如珠妙語。

可是，我們聽完之後，該怎麼辦呢？事實上，我們除了記下來之外，還可以加以「分類、歸檔」。因為，不同性質的笑話，必須懂得分類，而在不同的場合或主題中，適切地說出來。

而且，我們所說的幽默笑話，必須和所表達的「主題」有所相關。以前，我在上「演講學」時，就有一位男同學，以「誠實」爲題，發表一篇短講。

他說，有一次，同學們一起搭公車出去玩，大夥兒鬧哄哄地上車。突然間，司機發現，有人上車沒有投錢幣，所以司機就說：「各位同學，大家要誠實，不能有欺騙行爲，沒投錢的人趕快投錢！」

這時候，不知道是誰，突然放了一個屁，異味實在是令人難受，大家都掩鼻，摒住呼吸。此時，一男學生調皮地說：「放屁的人沒有投錢！」

不料，竟有一女生，用很無辜的聲音說：「人家有投錢啦！」

「真好，放個臭屁就可以插隊了！」

三日不讀書，就像一隻豬！

自我解嘲、謙卑自己、博君一笑，
就能展現親和魅力，讓氣氛充滿歡樂！

華裔網球名將張德培，曾在台北基督教懷恩堂，與喜愛他的球迷朋友們，一起分享他的生命和喜樂；當天晚上，整個懷恩堂被數千名想一睹張德培風采的群眾擠爆了，場面眞是瘋狂而熱烈。

張德培站在台上說，有一次他在美國亞特蘭大參加比賽，當他正要走進網球場時，一個美國小朋友走了過來，很興奮、也很期待地拿著一張紙、一枝筆，要求他簽名。那時，張德培問他說：「你知道我是誰嗎？」美國小孩很自信地說：「我當然知道啊，你是 Jackie Chang（成龍）！」

張德培急忙跟他說：「No! No! 我是 Michael Chang!」

聽張德培這麼一說，會場聽眾莫不哄堂大笑！

說話，是一種藝術；如果說話像是「唸稿」，或是口吻像是「上對下」的嚴肅訓誡，則不管內容再怎麼棒，都會使現場氣氛變得沉悶、沒有歡笑。

但，假如說話能像張德培一樣，展現「親和魅力」和「迷人風采」，並以「自我解嘲」的方式，謙卑自己、博君一笑，就會使氣氛充滿歡樂。

有一次，廣播名嘴李寶淦先生說：「我和內人，一個生肖屬馬、一個屬虎，我們就這樣『馬馬虎虎』地過了三十多年！」

哈，這是多麼有智慧、幽默的話語呀！

其實，我們學習幽默，就必須經常聆聽、並記錄別人的幽默表達。我曾在不同的場合中，聽到許多講師幽默的話語；例如：

● 「我以前是陸戰隊的，而陸戰隊的名言是——『一日陸戰隊，不死也殘廢』！」

● 「三日不讀書，就像一隻豬！」

● 「成功的人，跟成功的人在一起；有錢的人，跟有錢的人在一起；倒楣的人，跟誰在一起？——跟倒楣的人在一起！」

● 「男人有錢才變壞，女人變壞才有錢！」

也有一次，一台上講師說：「男人不應該讓女人流淚！」此時，台下聽眾就有人回應——「女人也不應該讓男人太累！」

「成功的人，跟成功的人在一起；倒楣的人，跟倒楣的人在一起！」

其實，只要認真學習、用心練習，我們學習幽默口才的機會太多了！我們要時常觀察別人的優點，記錄別人的幽默話語，因為，學習幽默表達，「處處是機會、人人是良師」啊！

同時，訓練幽默，別忘了「五多法」——「多閱讀、多傾聽、多記錄、多觀察、多演練！」

老王不姓王，姓什麼？

流利的口才、風趣的表達，
來自閱歷、書本、以及人際互動的觀察。

一個學生問我：「老師，你知道章魚有幾隻腳嗎？」

我說：「我不知道啊！」

「哎呀，老師，你怎麼會不知道？章魚有八隻腳啦！不過，也有人說是八隻觸手！老師，你知不知道要怎麼分辨，章魚哪些是手、哪些是腳？」

我被學生這麼一問，愣住了，我怎麼會知道章魚哪些是手、哪些是腳？

「老師，你好笨哦！用東西打章魚的頭，會摸牠的頭的就是手，其他的就是腳。而且，天氣熱的時候，會抓香港腳的就是手，被抓的當然就是腳啦！或是，給牠一台電腦，放在鍵盤上的，就是手，其他的就是腳啦！」

哈，小孩子的腦筋急轉彎，真是有意思、有創意！

所以，也有一個小朋友問我：「老師，老王姓什麼？」

呵，這個問題就比較簡單啦，我回答：「姓王嘛！」

「不對，老王不是姓王！」小朋友說。

「怎麼不對啦？老王不姓王，難道是姓老？」

這個時候，小朋友很得意地說：「不對，老王不是姓老，老王是姓

「牠堅持要我猜牠哪些是手、哪些是腳，才肯試穿！」

『法』！」

「啊？怎麼會姓『法』呢？」我聽了，眞是一頭霧水。

「老師，你沒聽過『法老王』嗎？所以，老王當然就是姓法呀！」

又有小朋友問道：「十二生肖的動物中，蚊子不會叮哪一種動物？」

我當然是想不起來啦，因爲每一種動物都可能被蚊子叮咬啊！

「哈，老師，你好笨哦，是狗啦！」小朋友得意地說：「你沒聽過『布丁狗』嗎？『布丁狗』就是『不叮狗』呀！」

我眞是佩服小朋友的鬼點子，我們一輩子都想不出這些「無厘頭」的答案呀！

也有一老師說，他班上小學生的造句，也眞是天眞可愛。例如，造句的題目是：「不像……卻像……」

結果，一小朋友寫道：「我的弟弟不像爸爸，卻像隔壁的李伯伯。」

另有一小朋友，家裡有一位九十歲的曾祖母，所以他在看到習作的造句題有「雖然……但是……」時，就寫道：「雖然阿祖已經九十歲了，但是她還沒有死！」

其實，流利的口才、風趣的表達，來自經驗、閱歷、書本，以及人際互動的觀察！而小孩子天真無邪、輕鬆有趣、活潑可愛的表達，也都是我們可以學習的幽默題材。

也因此，一個站在台上的人，腦中必須記下許多有趣的故事、笑話、俚語……並適時地加以運用，才能使現場笑聲不斷，也才能提升聽眾的學習興趣。

姊姊要出嫁了，真是謝天謝地！

令人拍案叫絕的演講，不是隨便脫口而出，而是必須經過「精心設計」與「不斷練習」……

有位政府官員到南投縣視察時，在歡迎會上說，他覺得南投很棒，有五個「W」！到底是哪「五個W」呢？在場的聽眾就開始動腦猜……

第一個W是Water（水），因爲南投青山綠水，水質好；第二個W是Women（女人），因爲埔里出美女；第三個W是Wine（酒），因爲埔里生產紹興酒；第四個W是Weather（天氣），因爲南投颱風少、氣候佳。

只有「四個W」啊？第五個是什麼呢？那官員說，我來到埔里之後，心情很棒、很高興，所以感覺眞是Wonderful，好極了！在場的人，聽到官員這麼一講，無不窩心開懷，也都給這官員熱烈的掌聲！

也有一次，一名男性公務人員在演講比賽中說，現在，雖然我只有五職等，但我「立足」五職等、「胸懷」六職等、「放眼」七職等、「追求」八職等、「渴望」九職等，不到十職等，誓不罷休……。哇，全場的聽眾，對於這獨特出奇、帶著節奏感，並有如海浪一波波洶湧而來的講稿設計，都給予熱烈的喝采與掌聲。

其實，令人拍案叫絕的演講，並不是隨便脫口而出，而是經過「精心設計」與「不斷練習」，才能掌握現場聽眾喜怒哀樂的情緒。

也有一個學生在演講時說：

我姊姊的大嘴巴，說起話來，眞是「驚天動地」；

看到男朋友，就「歡天喜地」；

用起錢來，就「揮天霍地」；

找東西，眞是「翻天覆地」；

失戀了，就「呼天搶地」；

向我借錢時，就「求天拜地」！

現在，她終於要出嫁了，眞是教人「謝天謝地」！

哈，要把這麼多有關「天和地」的有趣成語，串在一起，而且聽起來還很順口、很有道理，實在很不容易啊！

所以，在公開表達中，如果能自創一些有創意、押韻或對稱的「短

姊姊終於要出嫁了，真是歡天喜地、謝天謝地！

語」，不僅能琅琅上口，也會讓聽衆留下深刻印象。

曾有一名婦女義工，在演說中引用報紙上的漫畫說——「年輕人交朋友要小心啊！因爲，『挑食的男人』，容易餓肚子；『不挑食的女人』，容易大肚子！」

哈，精簡扼要、詼諧有趣、切合主題的短語，永遠受到歡迎！

老闆，有人在玩你的鳥哦！

幽默的話，最重要的常是「最後一句」，
所以，「重點句」一定要講得很清楚！

有位國中國文老師出了一道題目，要同學們寫一首有關「鳥」的詩。

啊？怎麼辦？鳥的詩要怎麼寫？眞的不會寫啊！後來，一位男同學就寫道：

「鳥，鳥飛，鳥會飛，鳥眞的很會飛，鳥實在眞的很會飛！」

老師看了這首「鳥詩」，就給這個同學寫下評語——

「魚，摸魚，你摸魚，你眞的很會摸魚，你實在眞的很會摸魚！」

哈，學生會寫這種鳥詩，也很不容易啊！像我，從來沒寫過詩，要寫，也寫不出這麼有趣的鳥詩啊！

聽說，有一家便利超商的主人，養了一隻鸚鵡，所以當客人一進門時，鸚鵡就會喊：「歡迎光臨！」而當客人離開時，鸚鵡就會喊：「謝謝光臨！」哇，眞是機靈、可愛啊！

後來，有一個頑皮小男孩，覺得鸚鵡會講話很新鮮，就故意走進超商的電動門，鸚鵡就喊：「歡迎光臨！」男孩離開電動門，鸚鵡就喊：「謝謝光臨！」

調皮的小男孩不斷地一進一出，鸚鵡就不停地喊：「歡迎光臨、謝謝光臨；歡迎光臨、謝謝光臨……」

此時，小男孩覺得很好玩，可是，鸚鵡受不了了，最後，牠大喊了一聲：「老闆，有人在玩你的鳥哦！」

哈，「鳥」被玩累了，也會大叫抗議哦！鳥，是有點「雙關語」，所以有些話聽起來就會覺得有趣、好玩！

其實，很多話聽起來有趣、幽默，往往是在最後一句的「重點句」，就像「老闆，有人在玩你的鳥哦！」因此，在講述笑話時，最後的「重點字句」一定要講得很清楚！

網路上有一則故事說道：一男人進了高速公路休息站的洗手間。他一進廁所，才蹲了下來，就聽到隔壁有人對他說：「嗨，怎麼樣，一切都還好吧！」

「小明說他的鳥很大隻，我們去他家看一下！」

這男人覺得上大號，還要跟別人講話，很奇怪！可是，爲了不失禮，就回答說：「還好，還過得去啦……」停了一下，隔壁的人又說：「那你最近都在忙什麼？」

這男人心裡覺得怪怪的，但還是禮貌地回答說：「我要到台南出差啦！那你呢？」

此時，只聽見隔壁的人說：「喂，我等一下再打給你好不好？我隔壁間有個神經病，我每次跟你說話，他都會搶著回答……」

哈，話，是不能隨便亂說、亂回答的，否則就會被當成是「神經病」哦！

Part 6

詼諧風趣，教人永難忘記

那一隻馬，最喜歡喝酒！

孩子天真無邪的話，常具有創意，
也都是「笑話來源」和「喜樂泉源」啊！

有一天，我開車載兒子、女兒外出，一路上，他們兩人一直在後座鬧玩著，突然間，我看到前面有憲兵，就大聲叫說：「不要吵、不要吵，前面有憲兵！」

這時，唸幼稚園中班的女兒納悶地問說：「什麼是憲兵啊？」

「唉，妳眞笨，連憲兵都不懂！」當時唸幼稚園大班的兒子說：「台北縣的兵，就叫『ㄒㄧㄢˋ兵』；台北市的兵，就叫『ㄕˋ兵』！這樣妳懂不懂？」

「喔，我懂了！」女兒似懂地點點頭說。

哈，我這個兒子眞是會當老師啊！

如今，兒子唸小學二年級，認識的國字也愈來愈多了。而我兒子很喜歡看書，什麼《三國演義》、《水滸傳》、《封神榜》……居然都已經看過了，最近，竟然在看《孫子兵法》，眞是不錯。

當然，我兒子、女兒都知道我的工作，就是「寫書」，也知道我寫了《不生氣，要爭氣》、《超幽默，不寂寞》、《不看破，要突破》、《有實力，最神氣》等書，所以他們兄妹倆，天天都唸得琅琅上口。一天，兒子對我說：「爸爸，我幫你想了一個新書名哦！」

「什麼書名？」我問。

此時，兒子很得意地說：「不傷心，要開心！」

嗯，這個書名不錯！眞的，每個人遇到挫折時，都不要太過傷心，要振奮、要開心，要勇敢面對困境，迎向它、解決它！

這時，小女兒也高興地對我說：「爸爸，我也想到一個新書名哦！」

「什麼書名？」我滿心期待地問。

小女兒天眞、可愛地說：「不吃飯，要盛飯！」

哈，這是什麼書名？眞是教人噴飯呀！

咱們台灣經常搞選舉，電視媒體上，每天都在講什麼要支持「泛藍」、「泛綠」；可是，孩子年紀小，眞的搞不清楚你們大人的什麼「泛藍、泛綠」。

一天，兒子問我：「爸爸，你看爺爺是支持『泛藍』，還是『泛

「你會吹牛有啥了不起，我還會吹馬呢！」

綠』？」我說，爺爺大概是支持「泛藍」的吧！

「那奶奶呢？奶奶是支持什麼？」兒子又問。

「奶奶大概是支持『泛綠』的。」我對著兒子說道，同時，也反問他說：「那你呢？你是支持『泛藍』，還是『泛綠』？」

兒子說：「我支持……飯店！」

哈，兒子支持「飯店」！他喜歡住飯店，只要有漂亮飯店住就好了，管你什麼「泛藍」、「泛綠」！

其實，孩子們天真無邪的話語，經常是喜樂的泉源！

所以，唸幼稚園的女兒有一天回家，對我說：「爸爸，我知道『馬英九』是什麼了！」我問說：「是什麼？」

女兒說：「就是那一隻馬，最喜歡喝酒啊！」

兩岸「三通」，就在今夜！

世界上有兩種人，一是無話可說，卻一直在說；
另一種人，是有話可說，卻說不出來！

報載，有個台灣男子四十多歲了，一直找不到老婆，後來經過鄉親介紹，才與一名大陸女子結婚。

在喜宴上，賀客盈門，來賓也一一上台致賀詞，說些吉祥話，祝新郎新娘「早生貴子、白頭偕老、永浴愛河……」其中，老趙上台時，中氣十足地大聲說：

「咱們台灣和大陸，搞了半世紀，還沒有三通，而且過去還搞什麼『戒急用忍』，真是氣死人了！

今天，讓新郎和新娘為我們打先鋒、衝鋒陷陣；因為，今天晚上，就是我們海峽兩岸『三通』的開始！在此，我祝福新郎和新娘，晚上的三通『通行無阻』；更希望十個月之後，你們生出一個可愛的『生命共同體』，表示我們海峽兩岸可以『統一』了！」

老趙的幽默致詞，讓所有來賓哈哈大笑，而新娘子則是低著頭，羞紅一張粉臉。

美國大詩人Robert Frost曾經說過：「世界上有兩種人，一種是無話可說，卻一直在說；另一種人，則是有話可說，卻說不出來！」

其實，這兩種人，都很可悲，不是嗎？可是，應該也有第三種人，就

是——「有話可說，而且說得極好、極棒、極幽默，教人永難忘懷。」

我們學習幽默口才，就是要成為第三種人，不是嗎？——要言之有物，又幽默風趣！

曾有個故事說道——有一個男人擔任很多家公司的「顧問」，當他去印名片時，就要求印上「專業顧問」的頭銜。幾天後，這男人去拿名片時，氣死了，因爲名片上竟然印成「專業顧門」！

眞是媽的，「顧問」和「顧門」，兩者相差那麼多，搞什麼東西嘛，眞笨！

這男人氣呼呼地回到店裡，退回名片，要求老闆重印！臨走前，這男人再三交代老闆：「這次不要再迷糊、要仔細看清楚哦，是顧問，不是顧門，你不要再漏掉一個口字哦！」

老闆聽了，趕快低頭賠不是說：「對不起、對不起，一定改過來！」

過了兩天，這男人再去拿名片，一看，又氣昏了，因爲上面竟然印著——「專業顧門口」。

眞的，「專業顧問」沒搞好，就會變成「專業顧門口」。

一個人，有幽默風趣的談吐，能引人發笑、獲得好感、增進友誼，那，就是「專業顧問」；相反地，一個人拙於言詞，木訥無趣，一站起來，吞吞吐吐、無話可說，那，可就會變成「專業顧門口」喲！

「都是那個夭壽老闆，把我的名片印錯，害我真的來當顧門口的！」

請放心，我還是「音容宛在」！

成語用得好，會給人家「很有學問」的感覺；
錯用成語、張冠李戴，就會貽笑大方、造成笑話。

現在很多老師都有深切的感慨，覺得年輕一代的學生，中文程度大大退步，愈來愈糟糕了；別說是許多成語不懂、不會使用，連中文字也都不太會寫了。

曾有個國文老師，問了一男學生：「你可不可以說出一句成語，來形容一個人很開心的樣子？不過，這個成語中最好能有個數目字，比如一、

二、三、四……」

這男學生想了一下，很高興地說：「老師，我知道了，就是『含笑九泉』！」

哈，好一個「含笑九泉」！年紀不小的國文老師，差點沒暈倒過去。

也有一名政大羅姓教授說：「有一名我以前教過的中學畢業學生寫信給我說：羅老師，自從您走了、從我們學校離開後，害得我們『痛失良師』，大家都深深懷念您。」

這位羅教授面帶微笑繼續說：「當時我看了，眞是又氣又好笑，什麼『痛失良師』啊？後來，我就回信給這個學生，告訴他，請放心，我現在仍然過得很好，我還是『音容宛在』！」

有些人很會運用「成語」，因為成語用得好、用得妙，就會給人家「很有學問、很有內涵」的感覺。但是，如果成語用得不好、張冠李戴，就會牛頭不對馬嘴、貽笑大方，造成笑話。

有一位老師問小朋友們：「什麼叫做『一拍即合』？」

其中一名小朋友很快地舉手說：「我知道，就像我媽媽，平常嘮嘮叨叨、很愛講話；我爸爸心很煩，一時氣不過，就拍她一個大耳光，我媽的嘴巴就立刻合上了！」

也有兩個彼此不是很熟的婦女碰在一起，無意間就聊起了自己的家庭、先生和小孩。甲小姐就問道：「請問，妳先生姓什麼啊？」

「我先生姓金，『金玉滿堂』的金。」乙小姐回答。

「哎喲，眞是很巧，我老公也姓金，『金屋藏嬌』的金！」

「我先生也姓金，是『金屋藏嬌』的金……」

以前蔣經國先生在世時，曾在一個招待立法委員的餐會上，興致很高地說：「有一天，我接到一個中學生的來信，他在信的最後，竟然寫著——『祝您老人家精神不死』，眞是令人啼笑皆非！」

經國先生此語一出，全部立委都哄堂大笑！因爲，能對「忌諱的成語」不以爲忤，甚至在公開場合中「自我解嘲」的人，絕對受人歡迎！

我的英文，被老師當掉了！

人若不控制困難，就會被困難所控制！
所以，「心不難，事就不難！」

我的英文一向不好，在台中唸衛道中學時，雖然有外國修士教我們英文，但是，我總是不開竅、學不來。我記得很清楚，在衛道中學畢業時，我的英文、數學成績，都不及格。當時，兩科不及格，還是可以畢業。

你知道嗎，我是個不會唸書的人，除了英文、數學不及格之外，我的物理、化學成績也都很爛；而我對歷史、地理、三民主義等背誦的科目，也很不感興趣！我唯一成績稍好的，大概只有國文中的「作文」而已。

也因此，我兩次大學聯考都落榜，第一次英文只考十一分；第二次再考，也只有十多分！最後，只好唸「三專」。

在國立藝專唸書時，「廣播英語」的老師很嚴格，他一直逼我們要聽ICRT的英語廣播。可是，那些老外的英語，講得又急又快，我們怎麼聽得懂？上課時，老師播放英語廣播給大家聽，每個人都像「鴨子聽雷」一樣，根本聽不懂其內容。

記得有一次，期末考，老師考試依舊播好幾段ICRT的英語給我們聽，也要我們把它翻譯成中文。天哪，聽不懂，怎麼翻譯？所以，班上很多同學就「東看西看」、「東抄西抄」；說真的，好多同學都在作弊、偷瞄別人的答案。

我們老師一看，這麼多人在作弊，就很生氣，也抓了「兩個人」把他「死當」！你知道嗎，我是其中的一個！

當我接到成績單時，我發現，我的英文只有「四十八分」！我看這樣不行，不及格必須重修，所以我就去求老師、拜託老師，讓我有機會「補考」。後來，老師看我可憐，就讓我補考，最後，才以「六十分」及格、勉強畢業。

然而，儘管我的英文成績不好，但是，「有志者，事竟成」！

後來經過多年的努力，我到美國唸碩士，回國之後，我考上華視新聞記者；有一陣子，也被調至國外組擔任「編譯」，每天負責外電新聞的翻譯工作。以前，把我的「廣播英語」當掉的老師，他也一直在華視當編譯；而我呢，就坐在我老師的對面！

其實，**「只要有心，就有力！」**

「心不難，事就不難！」

當時，我最差的英文，我發憤圖強地克服它，所以，我到美國拿了碩士，才能進入華視當記者，甚至後來，又再到美國去唸博士。

所以，**「人若不控制困難，就會被困難所控制！」**

而且，**「事情不是因它困難，以致我們不會做；而是因我們不去做，而變得困難！」**不是嗎？

「事情常因我們不去做，而變得困難！……算了，先喝水休息吧！」

造夢的人，就能美夢成真！

你我都不能小看自己，
因為，每個人都有無限的可能！

在唸藝專廣電科時，我就渴望有一天，能出國唸書，因爲在台灣，我考不上大學，只唸專科，可是，我又不甘願自己只有三專的學歷。於是，我在三年級時，就開始準備考「托福」，也到美加補習班補習。

後來，直到我退伍一年半，我前前後後考了「八次」托福，才考五百一十分，低空飛過。考了五、六次時，我媽就對我說：「晨志，你不要再考了好不好？那麼辛苦做什麼？隨便找個工作就好了，爲什麼一定要出國唸書呢？」

我媽是受不了了，因爲常會有鄰居太太問她：「妳兒子現在是在做什麼？」我媽只好跟她們說：「在台大唸書啦！」

「啊，還在台大唸書啊？不是已經畢業、退伍了嗎？」鄰居太太問道。

「他在台大圖書館唸書啦！」我媽不好意思地說。

是的，我是在「台大圖書館」裡唸書！早上八點，我就騎著摩托車到達台大圖書館，然後偷偷摸摸地在圖書館裡，找一個位置，趕緊唸英文，直到下午五點半，再騎摩托車，到補習班上課。而在這樣的一天之中，我都沒和別人講一句話，因我不認識台大的任何一名學生啊！

有一天，我在台大圖書館唸書，唸到一半突然有人拍拍我肩膀，問我是不是台大學生？我一看，圖書館員來了！他說：「期末考期間，不是台大學生不能在圖書館裡唸書。」

我知道，我不是台大學生，沒有學生證，不能跟人家吵架，只好把書包收一收，背著背包，走出圖書館。

走在圖書館前面的椰林大道上，我看著蒼天，好想掉眼淚：「我也是中華民國國民耶！爲什麼不能在台大圖書館裡唸書？是的，我是考不上台大，我不是台大學生……」

走在椰林大道上，我告訴自己：**「今生今世我不能成為台大人，但只要我努力，我一定要成為一個『造夢的人』，有一天，我一定要站在台大的講台上！」**

這是一九八三年，我在台大許下的心願！如今，二十多年過去了，我也在美國拿到碩士、博士學位，也寫了許多暢銷書；全台灣各縣市、各機

「老伴啊，你托福都已經考了三十八次了，還想要出國進修嗎？」

關團體都找我去演講，還包括到新加坡、馬來西亞、中國大陸等地。

後來，台灣大學也多次找我去演講時，我特別高興，因爲，我眞的是成爲一個「造夢的人」，讓自己從被圖書館員「請出去」，最後，勇敢地「站在台大的講台上」！

在此，向各位讀者報告一下，我是考不上台大、唸不起台大，不過，多年後，我在台大旁邊買了一幢房子！我的個人辦公室，就在台大旁邊！台大那麼遼闊、廣大的校園，也變成我的「後花園」！我經常在台大校園裡散步、跑步！

真的，人，不能小看自己，因為，每個人都有無限的可能啊！
只要你說能，你就一定能，沒什麼不可能！
而且，只要美夢成真的地方，就是天堂啊！

我勇敢向美國女孩借筆記！

凡事都要主動開口、主動請教！

因為，今天請教別人，明天就能勝過別人！

我記得很清楚，我是在一九八五年元月六日，從台北搭飛機，經由日本前往芝加哥，再轉美國國內線飛機，到達威斯康辛州的密爾瓦基市（Milwaukee），攻讀馬凱大學（Manquette University）碩士學位。

一下了飛機，白茫茫的大雪一片，真是教人驚奇、興奮！還好，有中國同學會的學長來機場接我，帶我到某個同學家借住一晚，然後，我就開始自己找房子、註冊、選課。

第一次上課時，我的媽呀，我眞是聽不懂老師在講什麼？美國學生上課，經常舉手發問、或是搶答；可是，我的英語不夠好，一來聽不懂，二來根本無法做筆記。怎麼辦，都已經快下課了，我居然一個字都沒寫！

下課了，我看我的筆記空空的，完蛋了，我不能這樣結束一堂課呀！要怎麼辦呢？我看哪個女孩子長得不錯，也勤快地寫筆記？好，我選定目標了！於是，我鼓起勇氣，走過去，對她說：「對不起哦，我剛到美國來，英語不太好，不能自己寫筆記，不知道能不能借一下妳的筆記？」

這美國女孩子看了我一下，似乎面有難色，因爲她不認識我呀！

此時，我又繼續說：「我只要影印一下，馬上就把筆記還給妳！」

這女孩還是有點猶豫，她說：「不是我不借你……而是，我怕我的字很潦草、很醜，怕你看不懂！」

我說：「沒關係，我回去會慢慢看、慢慢查字典……」

這時候，我有點不相信，就順手翻了一下她的筆記——「天哪，她的字，還眞的是很醜！」人很漂亮，字竟然這麼醜、這麼難看；可是，我已經開口借了，不能再對她說：「我看算了，不用了！」我還是對她說：「沒關係，借我影印一下，我馬上還給妳！」

這女孩子看我如此堅持，就對我說：「如果你眞的要借我的筆記，這樣子好不好，我回去以後，幫你打好字，再把筆記借給你好不好？」

我一聽，眞的好感動哦，好想跟她說：「我愛妳！」天哪，她竟然說，要回去幫我把筆記打好字之後，再把筆記借我。

您知道嗎，在快二十年前，很少有個人電腦，這女孩回家以後，是用電動打字機，把筆記打好字，再拿到學校來給我；打錯字時，還必須用「立可白」把錯字塗掉。

「兒子啊，你愈來愈棒了，你要教爸爸一些程式哦！」

而我這樣的主動請求，這美國女孩不是只幫我打「一次筆記」，而是幫我打了「一學期筆記」！她，幫我度過我在美國的第一學期，語言最難適應的時刻。

所以，我學習到——「凡事都要主動地請教別人、請求別人幫忙！」

我們若不開口請教別人，不開口請求別人幫忙，別人是沒有義務來幫助我們的！

也因此，「今天請教別人，明天就能勝過別人」，有什麼不好呢？

而且，「問題是沒有愚蠢的，只有不開口問問題時，才是愚蠢的！」

Part 7

樂上加樂，你我歡笑大樂

哈，他們全家都是「豬」！

名字好聽，固然可以使人更有自信；
但，卻不一定是幸福人生的保證！

報載，曾有一位醫學院教授，專教微生物課，他為人謙卑、幽默、風趣，所以來上他課的同學，人數都是爆滿。

這位教授名叫「錢佑」，所以每當他來上課時，同學就笑嘻嘻地大叫：「錢又來了，錢又來了！」

而認識錢教授的商家朋友，也最喜歡他去商家裡光顧，因為他們也能因著錢教授的到來，而大聲、吉利地喊說：「錢又來了，錢又來了！」

有一名男士說，他家人的名字都很特別，因爲他名叫「朱玉嘉」，聽起來像「豬一家」；而且，大女兒叫朱欣（豬心），二女兒叫朱惠（豬肺），小兒子叫朱偉（豬尾）。哈，一家都是和「豬」相關的諧音。

更好玩的，老婆叫什麼呢？老婆也和先生同姓，叫做朱雪（豬血）。

哈，眞是太好玩了！

而這位朱先生，能以自己和家人的姓名來自嘲、開玩笑，眞是幽默有趣啊！

傳說，毛澤東主席在入主中國中南海之後，就立刻清查，中國境內是否還有人名叫「毛澤東」？調查的結果，還好，當時全中國沒有一個人名叫「毛澤東」！

不過，調查員回報，在上海，倒是有一個人叫做「毛澤西」。哈，一東一西，南轅北轍，不太相干，所以這個人就逃過一劫，沒有被迫改名。

當然，名字是父母所取的，不管如何，我們都得心存感激。

其實，名字好聽，固然很好，也可以使人更有自信，但是，卻不一定是幸福人生的保證，命也不一定就很好！有些人的名字很普通，但只要努力，也一樣可以很有成就。

曾有個男人要搭火車，他太太殷切地到火車站送行；當火車快開動時，他太太在月台上依依不捨地揮手，嘴巴還微笑地說著：「來生再見、來生再見哦！」

月台上旁邊的人聽了這話，心裡都有點毛毛的，搞不懂爲什麼她會笑

「來生再見！來生再見……」

笑地說：「來生再見！」原來，她老公的名字叫做：「章來生」。

哈，有些名字眞是有趣。有的人，姓楊，叫做「楊桃」；有的人姓花，名叫「花生」；有的男人姓吳，叫做「吳月金」，名字一輩子都很受困擾。

以前，一名教過我的藝專老師說，她有個同學，姓戴，叫做「戴乃照」（不知是眞是假），這名字，聽起來似乎也是挺麻煩的！

老婆請小心，牛糞來了！

大聲怒斥、吵架，使人「想贏都贏不了」；
謙卑禮讓、自嘲，使人「想輸都輸不掉」！

德國西發里亞省省長邁耶斯博士，曾被邀請到美國鹽湖城參觀訪問，也在著名的大學發表演說。

邁耶斯博士在演說開場白時說：「各位女士、各位先生，很抱歉，我的英語說得不太好，請大家多原諒！『我和英語』的關係，就像『我和我太太』的關係一樣，我很愛她，但就是控制不了她，實在是沒辦法！」

在場觀眾一聽，莫不哄堂大笑，也給邁耶斯博士熱烈的掌聲。

有一對夫妻，吵得很不愉快，太太一直嘀咕、臭罵——有夠倒楣，嫁給一個好吃懶做、沒有出息的老公，眞是「一束鮮花插在牛糞上」。

不久之後，老公從樓上下來，對著老婆說：

「太太，小心啊，牛糞來了！」

老公的「自我解嘲」，使太太破涕爲笑，也結束了一場爭吵。

是的，面紅耳赤、爭執不休，是一場永無休止的戰爭。

所以，大聲怒斥、吵架，使人「想贏都贏不了」；

謙卑禮讓、自嘲，使人「想輸都輸不掉」。

其實，婚姻是人世間「老化」最快的一種物質。爲什麼呢？您看，結婚之後，「新郎、新娘」不都在一夕之間，變成「老公、老婆」了嗎？

不過，懂得「夫妻幽默之道」的人，就可以防止「婚姻老化」，使雙方都永遠做個快樂、漂亮的「新郎和新娘」。

曾有人在談到「一夫多妻制」好不好時，就說了一個故事——

一位先生剛從印度訪問回來，對太太說：「親愛的，我在印度眞是倍受禮遇啊，瑪迪拉斯親王非常器重我，還說要送我六十個妃子當禮物呢！」

「眞的啊？那你答應了沒？」太太問。

「沒有啊！我拒絕了！」

「爲什麼？」

「因爲我一想到，每天回到家時，就會看到浴室裡掛滿著六十雙女人

「娶了六十個妃子後，家裡的浴室就變成這個樣子了……」

的絲襪、六十件胸罩，我就頭大得受不了！」老公說。

也有一個台灣人到阿拉伯去做生意。一天，這台灣人和阿拉伯酋長到醫院去看酋長的初生嬰兒；他們兩人隔著透明玻璃，看到嬰兒室裡有許多剛誕生的可愛小寶寶。

台灣人好奇地問：「酋長，請問哪一個是您的小寶寶呢？」

阿拉伯酋長說：「前面三排都是！」

愉快的性格，是成功的靈魂！

甜中加甜，不見其甜；樂中加樂，才是大樂！

天天幽默、喜樂，生活就會充滿燦爛陽光！

以前，法國有一名總統名叫戈達，他一向是以「急智、機智」出名。

一天，一位英國太太問他：「法國女人是不是眞的比其他國家的女人更迷人？」

戈達毫不猶豫地說：「那當然囉！因爲巴黎的女人二十歲時，美如玫瑰；三十歲時，也像情歌一樣迷人；而四十歲時，就更完美了。」

那位英國太太又問：「那麼四十歲以後呢？」

戈達總統微笑地說：「太太，妳知道嗎，一個巴黎女人，不論她幾歲，看起來都不會超過四十歲啊！」

顧維鈞先生在民國初年，出任我國駐美公使。有一次，他參加華盛頓的國際性舞會；當時，一位美國小姐和他一起跳舞，忽然間，那美國小姐問顧維鈞：「請問，您喜歡中國小姐，還是喜歡美國小姐？」

顧維鈞面帶笑容地回答說：「凡是喜歡我的，我都喜歡她！」

顧維鈞的這一妙答，既禮貌又敬人，也不會造成「顧此失彼」的窘境，眞是個高手呀！

以前，有一個英俊的美國青年，住在一家渡假旅館中，但是他迷迷糊

「李大使，你說，你喜歡胖小姐、還是瘦小姐？」

糊地走錯了，未敲門，就走進一位老太太的房間。

「對不起，對不起！我一定是走錯房間了！」這英俊青年抱歉地說。

「那倒也不一定！」老太太微笑地說；「只不過是遲了四十年而已啦！」

西方哲人說：「愉快的性格，是成功的靈魂！」

的確，幽默，是開自己的玩笑，和別人共享歡樂！而且，「詼諧、妙答、自嘲、機智」也都是幽默的表現，能使人在壓力的生活中，充滿著歡愉。

而莎士比亞也說：「甜中加甜，不見其甜；樂中加樂，才是大樂！」

是的，人際相處，天天抱持「喜樂之心」，就會使「平淡蔬菜」變成「豐盛筵席」，也會使「室內牆角」充滿燦爛陽光。

費玉清是令人喜愛的「九官鳥」

九官鳥很聰明、很會學人說話；
可是，你家那隻九官鳥，是怎麼死的？

有個小劉，很喜歡鸚鵡，就到寵物店去買了一隻漂亮的鸚鵡回來。小劉試著對鸚鵡說話：「你好，你好！」

可是，鸚鵡卻回答：「你……你……你好！」

小劉心想，鸚鵡才剛開始學說話嘛，慢慢來沒關係。後來，小劉又再對鸚鵡說：「哈囉！」

鸚鵡就回答說：「哈……哈……哈囉！」

小劉覺得很奇怪，怎麼會這樣，鸚鵡講話怎麼會像「口吃」一樣？於是，小劉就把鸚鵡帶回寵物店，對老闆說：「老闆，你昨天賣給我的這一隻鸚鵡好像有點問題，不太會講話，我想換一隻好不好？」

老闆聽了，很客氣地說：「沒……沒……沒問題！這……這裡……有……好幾隻……鸚鵡……你……你自己……去……挑吧！」

小劉一聽，急忙告訴老闆：「不用了，謝謝您，我不想換了，換了也沒用，謝謝！」哈，原來鸚鵡店老板是口吃。

另有一隻很聰明、很漂亮的鸚鵡，除了會講國語之外，還會講英語和日語；而且，如果拉牠的左腳，牠就會說英語：「Good Morning!」如果拉牠的右腳，牠就會說日語：「空幫哇！（晚安）」

有一天，兩個無聊的男生就想了一個點子——如果我們兩個人，一個拉他左腳，一個拉牠右腳，「同時拉」的結果，不知道鸚鵡會怎麼樣？牠會說什麼話呢？

於是，這兩個男生就決定試看看，一起拉！

這時，鸚鵡大聲叫說：「夭壽死因仔，你們想把我捽乎死啊？」（台語）

其實，除了鸚鵡之外，九官鳥也是很聰明、很會學人說話。所以，張菲就說費玉清是「九官鳥」——很會模仿其他歌星唱歌，而且模仿得維妙維肖，甚至「很三八」！

聽說，老王到動物店裡買了一隻很漂亮的九官鳥，可是，養了沒兩個月就死了，害得老王很傷心！

「我家的鸚鵡，每天都跟我太太吵架，最後筋疲力竭死了！」

鄰居關心地詢問老王說：「到底你們家那隻九官鳥是怎麼死的？是不是病死的？」

「不是啦！」老王回答說：「牠是在家和我太太比賽說話，牠比輸了，最後筋疲力竭而死的啦！」

你的新娘三圍尺寸是多少？

「醫生啊，你怎麼把我的鼻子隆得又圓又大，你叫我怎麼出去見人哪？……」

很多年以前，高雄市政府曾經舉辦員工集體結婚，所以公佈了「公務人員集體結婚實施要點」。其中規定，參加集團結婚的新人，必須填寫一份「集團結婚申請表」，也必須將「新娘三圍尺寸」填寫清楚。

爲什麼一定要填寫「新娘三圍尺寸」呢？因爲填寫清楚之後，市政府才能有所依據，作爲租用「新娘禮服」的參考。

有一位小陳，想參加集團結婚，卻因手腕運動扭傷，無法寫字，就煩請課長代塡資料。課長很熱心地詢問，以防誤塡；同時，也故意大聲問道：「你的新娘三圍尺寸多少？」

「我……我不知道。」小陳紅著臉，羞得一時答不出來。

「唉，你眞是太丟臉了，簡直是一問三不知嘛！」吳課長故意糗小陳說：「新娘最重要的事，你都搞不清楚，怎麼就猴急要結婚？趕快回去搞清楚再說！」

哈，婚前要先搞清楚新娘的三圍尺寸，才夠資格結婚哦！

曾有一位劉先生，和女朋友一起到百貨公司逛街購物。兩人走到女性內衣專櫃時，女朋友看上一件價格極爲昂貴、但很漂亮的「調整型魔術胸罩」。女朋友有點捨不得花那麼多錢，去買一件這麼貴的胸罩；當她站在櫃台前猶豫不決時，小劉說話了：

「妳幹嘛買這種又貴又大的胸罩啊？妳又沒有多少東西可以裝！」

女朋友一聽，心裡很不是滋味，當場不甘示弱地說：「如果按照你這種說法的話，我看，你根本就沒有資格穿內褲！」

一般來說，「自我解嘲」是比較穩妥的開玩笑方式，不會去傷害別人；不過，有些幽默的玩笑話，卻是「兩性之間」的對話，或對女性的「身材」與「外貌」，做奇特觀點的描述，也常有令人「會心一笑」的效果。

有個荳蔻年華的小姐，人長得很漂亮，但鼻子塌塌的，不夠挺，就找一家整形外科，去做「隆鼻」手術。

兩個星期過後，這小姐對自己的鼻子很不滿意，就回整型醫院，大聲地對醫生咆哮：「醫生啊，你怎麼把我的鼻子隆得又圓大大？你叫我怎麼出去見人哪？」

「對不起啦！」整形醫生語帶歉意地說：「這次『隆鼻』我是第一次做，而我的專長是『隆乳』啦！」

唉，搞「隆鼻」的人，怎能搞「隆乳」？這樣亂搞一通，當然會出問題呀！

「對不起啦，我的專長是隆乳，這是我第一次做隆鼻啦！」

上廁所，不要東張西望亂看！

大肚能容，容天、容地，於人有何不容；
笑口常開，笑古、笑今，萬事付諸一笑。

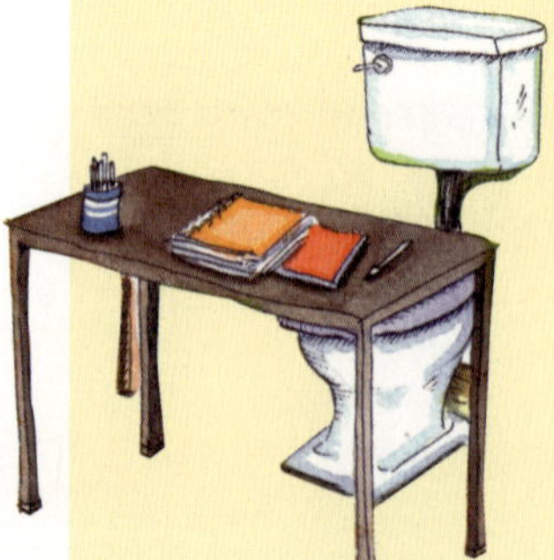

有一間頗負盛名的寺廟，在過年之前，都會將壯觀的廟宇重新粉刷一次，讓建築物煥然一新。新年當天，廟裡的和尚恐怕善男信女和觀光客，又會在雪白的牆壁上胡亂塗鴉，所以就在牆壁上寫道：「此處不准寫！」

當天，寺廟香火鼎盛、遊客湧入；一遊客看到牆上的字之後，就在旁邊加了一句：「爲何你先寫？」

十分鐘之後，牆壁上又多出了一句：「幹嘛不准寫？」

再過五分鐘，又有一遊客補寫了一句：「要寫由他寫！」

當和尚上完廁所回來後，發現牆壁上又增加了另外一句：「要寫，大家一起寫！」

除了寺廟和觀光遊覽勝地之外，「公共廁所」也是很多無聊人士喜愛胡亂寫字、畫圖的地方；所以，有時一進入公廁，就可以發現一些「廁所文化」或「廁所畫廊」。

有一男生，肚子不太舒服，就快步跑進火車站的公共廁所。才一蹲下來，就看見牆壁上寫著：「注意，請往後看！」

這男生有點納悶，不過還是好奇地「往後看」。

一往後看，牆上又寫著一行字：「請再往左看，你會發現……」

當這男生狐疑地「再往左看」時，又看到牆上寫著：

「上廁所要當心，

不要賊頭賊腦，

東張西望亂看！」

也有一個補習班老闆，很受不了「廁所文學」的髒亂和不雅，就花一筆錢，請工人在廁所牆上，貼上凹凸不平的磁磚，以防學生再胡亂塗鴉。

有一天，當這補習班老闆如廁時，忽然發現地面的白色磁磚上，有人用原子筆寫了一小行小小的字，不是很清楚。於是，老闆輕抬一下屁股，彎著身子、抓緊褲子，吃力地仔細瞧一瞧是什麼字？只見上面寫著：

「先生，您知道您的屁股正以四十五度角拉屎嗎？這不太好吧！」

「這裡就是我的文學創作書房啦！」

「戲雅謔」是幽默表達的形式之一，它是藉著語言文字的遊戲與技巧，或藉著「自嘲」與「嘲弄他人」，使人在緊張的生活中，獲得一個既有「雅韻」又「無傷大雅」的詼諧調劑。

不過咱們還是多多欣賞「彌勒佛」旁的對聯吧：

「大肚能容，容天、容地，於人有何不容；
笑口常開，笑古、笑今，萬事付諸一笑。」

戴晨志作品集 209

幽默智慧王（暢銷增印版）

作　者—戴晨志
編　輯—林菁菁
美術設計—時報出版製作美術中心
繪　圖—江長芳

董事長—趙政岷
出版者—時報文化出版企業股份有限公司
一〇八〇一九台北市和平西路三段二四〇號三樓
發行專線—（〇二）二三〇六六八四二
讀者服務專線—（〇八〇〇）二三一七〇五・（〇二）二三〇四七一〇三
讀者服務傳真—（〇二）二三〇四六八五八
郵撥—一〇八九九台北華江橋郵局第九十九信箱
信箱—一〇八九九台北華江橋郵局第九十九信箱

時報悅讀網—http://www.readingtimes.com.tw
法律顧問—理律法律事務所 陳長文律師、李念祖律師
印　刷—和楹彩色印刷有限公司
初版一刷—二〇〇五年九月二十六日
二版一刷—二〇〇六年十一月十三日
三版一刷—二〇一六年五月二十日
四版一刷—二〇二四年八月二日
定　價—新臺幣三八〇元
版權所有 翻印必究（缺頁或破損的書，請寄回更換）

時報文化出版公司成立於一九七五年，
並於一九九九年股票上櫃公開發行，於二〇〇八年脫離中時集團非屬旺中，
以「尊重智慧與創意的文化事業」爲信念。

幽默智慧王 / 戴晨志著 . -- 四版 . -- 臺北市 :
時報文化出版企業股份有限公司 , 2024.08
面；　公分 . --（戴晨志作品集 ; CL00209）

ISBN 978-626-396-547-8（平裝）

863.55　　　　113010106

ISBN 978-626-396-547-8
Printed in Taiwan